TAKE
SHOBO

# 巻き込まれ召還された一般人ですが、なぜか騎士宰相様に溺愛されてます

## 勤務中の壁ドンおことわり

水嶋 凜

*Illustration*
ことね壱花



蜜猫
Novels

contents

イラスト／ことね壱花

# 巻き込まれ召還された一般人ですが なぜか騎士宰相様に溺愛されてます

## 勤務中の壁ドン

おことわり

# 序章

　あのとき見た優しい瞳の色を、今でも覚えている。

　ドシン、とまっさかさまに落とされた衝撃があった。

　怪我《けが》なんかはしてないので、派手に尻餅をついた程度だけど。

　あ、あれ、助かった……の？

　記憶が確かなら、たしか歩道を歩いていたとき、派手に道を逸《そ》れて暴走してきた車に轢《ひ》かれそうになっていたはずだ。

　ウソ、わたし、死ぬの⁉　と思ったことをうっすら覚えている。

　あの車に突っ込まれたのならこの程度ですむはずはない。そもそも派手な音がしたわりに、お尻もそんなに痛くない。

　きょろきょろ、と見回してわたしは、そこがずいぶんと明るくて広いけれど、部屋の中らしいことを知った。

尻餅をついた形になっているのは……ベッド？

淡い……本当に淡くて白に近い上品なピンクのシーツとクッション、それに天井からさがっているレース、もしかしてもしかしなくても、これは〝天蓋《てんがい》〟ってヤツではなかろうか。

少しクラシカルな趣向《しゅこう》の洋画の中くらいでしかお目にかかれないものだ。

それにダブルベッド？　っていうかダブルにしても大きすぎない？　ってくらい巨大なベッド。

ああ、わかった、これは夢ね！

夢の中で夢だなーと思うこともないわけではない。

夢の中ならこの荒唐《こうとう》無稽《むけい》なシチュエーションにも納得ができる。

だって、そのお姫様が使うような広くて上等な天蓋ベッドの回りには、映画でもそうそうお目にかかれないような美しい人達がうじゃうじゃ立っていたから。

それも金髪とか銀髪に茶髪、青い目や緑の目で、すらりと背が高い、西洋風の人達だ。服装も王子様というかお貴族様というか、そんな感じの格好よくて華美なものが多い。

「どういうことだ？　聖女が二人？」

「いや……、聖女はこちらの一人だけ。あとの女性は巻き込まれのようです」

「巻き込まれ？」

「時にはあったことだと記録があります。聖女と同時刻に亡くなる運命だった人が、こちらの召還《しょうかん》に巻き込まれたというか……そのための法も整っておりますよ」

がやがやと美しい人達が、何故か日本語でしゃべっている。

ご都合主義だなーまあ夢だもんなー。

ぼうっとしていたわたしは、そのときやっと、自分の横に、高校生くらいの一人の少女が横たわっていることに気付いた。

「う……ん」

彼女は小さく声をあげて、寝返りを打つ。閉じた瞼《まぶた》の縁《ふち》の睫毛がふるふると震えた。

髪や肌の色は、自分と同じ日本人っぽい。けれども周りの人達と負けず劣らずの美少女。

白雪姫……？

そんなふうな言葉が脳裏を過ぎった。真《ま》っ直《す》ぐな長い髪をシーツに散らして、あどけない寝顔を見せる彼女は、まさにそんなプリンセスっぽい。

映画のセットみたいな天蓋ベッドにもぴったりだ。

このとき、わたしは、もう自分の運命をうっすらと感じていた。

この場の主役は決して自分じゃない。

ぱちり、と少女が目を見開いた。

「聖女だ！　聖女が目をお覚ましになったぞ！」

「なんて可憐《かれん》な……まさに女神のような美しさだ！」

辺りの人達が、どっと歓声を上げて少女を取り囲む。

「初めまして、小さな聖女。ご気分はいかがですか？」

「怯《おび》えないでください。ゆっくり説明しますから」

皆が口々に言う中、代表らしい王子様みたいな（これあとで、実際に王子様だってわかったけど）金髪の美青年が、優しく言いながら少女に手を貸して抱き起こした。

少女も、ちょっとうっとりした目で彼を見ている。

あ……、わたし、お邪魔みたいね、どうすればいいかしら。

わたしは少女と、それを取り巻く人達の邪魔にならないよう、ベッドの端によって、足を地につけていた。

これからどうしたらいいのだろう。

出ていってもいいなら、そうしたいけど……。

このとき、わたしはまだ、これが夢だと思っていた。

夢ですら主役になれない己が身を情けなくは感じていたけど、目さえ覚ませば、どうにかなるという展望が自分を冷静にさせていたのだ。

だからそこまで……取り乱してはいないはずだった。

それなのにその人は、わざわざわたしの前に来て、長身をちょっと屈《かが》めて声をかけてくれた。

「君、大丈夫か？」

「へ……？」

わたしがまず思ったのが、なんて綺麗《きれい》な目……ってことだった。

グレーのかかった青い目、穏やかで気持ちを落ち着かせる色だ。

そしてプラチナブロンドというのかしら？　うっすら銀色を帯びた金、みたいな髪色。

美形揃《ぞろ》いの中でも際だって美しいその人は、美少女に湧いているその場所でただ一人、わたしのことを気遣ってくれた。


「突然、こんなところに来て騒がしくて驚いただろう。今、説明する」

# 第一章

「ユウカー。そっちの部屋の掃除あとどのくらい？」

「あとマット戻したら終わり！」

「はやっ！　わたしもうちょっとかかるから待っててー」

「オッケー。大丈夫？　手伝おうか？」

「そこまででもないから、待っててくれれば！」

「了解～」

隣室から響く、同僚のエレンの声に返事をしながら、わたしは邪魔にならないよう窓に掛けて日に当てていたマットを元の場所に戻して、部屋を見渡した。

うん、キレイ。

窓ガラスはピカピカで、窓の桟《さん》にもゴミ一つない。

自分の仕事がきっちり完遂《かんすい》できているのを見るのは気持ちがいい。

おまけに時間もいつになく早くできた。

天気もいいし、昼食もゆっくり摂《と》れそうだ。

エレンと一緒に外のベンチで食べるのもいいかもしれない。

バスケットに入れてきた、ローストビーフのサンドイッチを思い出して、頬《ほお》が緩《ゆる》む。

アクセントにワサビ醤油《じょうゆ》もあったら最高だったのにな……。

元の世界にあったものは、この世界にもだいたいあるものの、何故か、ワサビに似たものが存在しない。

よく探せばあるはず……って希望は持っているんだけれど。

冗談みたいな召還劇から、二年。

わたしは、この世界にまああ馴染んでいた。

結論から言うと、あの場の誰かが言っていたとおり、わたしは、巻き込まれ召還だった。

聖女アズサ……王家の縁戚であるハンゲイト公爵家に引き取られて、アズサ・オルコットを名乗っている、今代の聖女様の召還に巻き込まれた一般人。

だけど元の世界に帰ることはできない。

何故なら、そもそもこの世界に呼ばれるのは、あっちの世界で死ぬ運命だった人間だからだ。

『元の世界に戻して差し上げるのは可能だけど、その瞬間にあなたは轢《れき》死体ですが……様子をごらんになりたいですか？』

『謹《つつし》んで、ご遠慮いたします』

この世界に馴染んで、なけなしの魔法を使えるようになるまでお世話になった、宮廷魔術師ユーシス様の悪びれない声が蘇《よみがえ》る。

優しげな顔して、えげつないことさらっと言うからな、あの人。

『信じがたい気持ちはわかるが、我が国は、あちらの世界で健やかに暮らしている人間を拉致《らち》するような非人道的な真似はしない。疑うならいくらでも記録を調べてくれていいし、召還術の成り立ちを学んでくれていい』

生真面目な顔で言ったのは、最初にわたしに声をかけてくれたシリル様。

この国の宰相にして公爵。近衛隊の隊長も務める、超優秀な人でもある。

国王の右腕とされる有能さに加え、凄《すご》みを感じるほど整った美貌の持ち主で、わたしが召喚されたときみたいな気遣いが行き届いているので女性人気はすごく高い。

でも浮付いた噂《うわさ》は全然聞かなくて、そのへんのガードは堅い人なんだと思う。

彼らの言葉を疑う気はさらさらないけれど、ともかく納得したくて、わたしはあれからこの国の歴史とか召還の仕組みとか、世界の成り立ちをいろいろと調べて勉強した。

その結果、深く納得せざるを得なかった。

ここに呼ばれていなければ、わたしは、あっちの世界で死ぬしかなかったのだ。

それは聖女も同じこと。

この国……アンリスナイトは、五十年から百年に一度、異世界から聖女を召還して、世界の浄化を彼女に託してきた。

聖女による浄化魔法がないと、瘴気《しょうき》がだんだん濃くなって魔物や魔獣が跋扈《ばっこ》するからだ。

けれど、シリル様の言葉じゃないけど、健やかに暮らしている異世界人を問答無用で呼びつけて返さないなんて真似はしない。

宮廷魔術師（魔法自体はこの国でも三割くらいの人間が使えるし、力が強い人は職業にしている）が、特別な呪法《じゅほう》で決定した日時に、あちらの世界で死すべき運命の乙女を召還するのだ。

その選ばれた乙女は浄化に関わる莫大な魔力を持って顕現《けんげん》し、聖女と呼ばれる。

聖女は与えられた任務（週に何回か祈る、みたいなことらしい）さえやっていれば、周囲に尊敬され、好待遇が約束されるし、結婚や恋愛なんかも基本的に自由。

王様と結婚して王妃になる人も多いとか。

長い歴史の中では、聖女になるのを拒んでそのままあちらの世界で終わることを選んだ人もいるというけれど、こちらの好条件と、死にたくない思いで聖女になる人がほとんど。

まあ……そうだよね。

ただ聖女の能力は遺伝しないので、聖女が死んでしまうと、新たな聖女を召還するしかない。

二年前はちょうどそういう時だった。

そして聖女召還の日時とほぼ同時刻に、死にそうになっていたのがわたしで、巻き込まれ召還されてしまったというわけ。

死んで、また蘇《よみがえ》る、みたいな感じなので異世界転移、というより転生に近い。

まあこの国でも珍しくはない程度の魔力がちょっとつくだけ（聖女は例外的）で、身体能力も容姿も前のままだし、歳《とし》も変わりませんけどね！

話している言語は、本当は日本語ではないらしいけど、自分では慣れ親しんだ言語に変換されるらしいので不自由はなく。

おまけに最初に言われたとおり、巻き込まれて召還された人間にも、〝健康で文化的な最低限度の生活〟が保障されるよう、法制度も調えられている。

三ヶ月ほど、こっちの世界に慣れるように保護施設に入れられて、苗字《みようじ》というか戸籍的なものをもらって必要なことを教わり、できる仕事を斡旋《あつせん》してもらって……って感じ。

住むところや家具、衣服、まとまったお金なんかも支給された。勿論《もちろん》、返さなくていい。

わたしは、前の世界で家事代行のバイトをやっていた経験を活《い》かして、王宮のメイドを選んでやっている。同じ職種でも好待遇なのよこれ。

巻き込まれ召還だけじゃなくて、やっぱり死にそうな目に遭ったはずみで、神隠し的にこっちに異世界転移してくる人は時々いる（だからこそ法制度が整ってるのね）そうで、そこまで奇異の目で見られることもない。

西洋人的な見た目の人が多いけど、近隣諸国には東洋人的な人もいるみたいで、慣れてからはパッと見、異世界人とも思われないみたいだし。（出自は別に隠してないけど、会う人皆に説明するのも面倒）

お給金とか、住居とか食べ物とか考えると、実際は、〝最低限度〟ってこともなくて、前の世界より、生活の質は格段によくなっている。

ワサビはないけど！　うう、諦めない。

元の世界を恋しく思わないと言えばウソになるけれど、わたしはおおむね満足していた。

そこまで元の世界に未練があるわけじゃないし。

§

ここにくる前、わたしは二十二歳のＯＬだった。

短大出で、不況まっただ中で、あまり待遇のいいところは選べなくて、いわゆるブラックな企業にいたと思う。

朝の八時から満員電車に乗って、帰れるのは十時すぎ、車に轢かれそうになったのも、そんなこんなでふらふらしてた頃だ。

元々父親のいない母子家庭で、なんとか大きくはなったけど、高校ぐらいからは、ほとんど放置され、自分でアルバイトしないと教科書とか文房具もろくに買えなかった。

食事を作ったり、家の中を保ったりなんかは、中学くらいからずっとわたしの仕事。

それでも何とか奨学金《しょうがくきん》を借りて短大に入った途端、母は再婚相手を見つけて家を出ていった。

二人で住んでいた家を一人で維持するのは大変かと焦ったけど、元々そう広くもなかったし、母の世話がない分、意外と家計にはゆとりができた。

貯金も少しずつだけど、増えていった。

もうちょっともうちょっと頑張れば、楽になれる。転職だってできるかもだし、そうしたら、時間に余裕ができて、お給料もよくなるかも。

そんな希望を持っていた矢先の事故。

でも死なずに済んで、ここで新規にやり直しできているのだから、運はいい方。

最初に入れられた保護施設は、孤児院も兼ねていて、沢山の子供たちが懐《なつ》いてくれたし、こっちの仕事で、エレンとも仲良くなれた。

お仕事も毎日、六時間ほどでいいし、週に二日は休める。

平民用の図書館で本（マンガもあるよ！）を借りたり書店で買ったりもできるし、魔法で画像を投影する映画みたいなものとか、お芝居やスポーツ施設みたいな娯楽もある。

自分の性格を考えると、むしろ聖女なんかじゃなくてラッキーだったかもなあ……。

特に注目もされず、誰からも苦にもされず、適度に美味《おい》しいもの食べて暮らせたらそれでいい。文字通り、第二の人生だもの。あんまり苦労せず、のんびり暮らしたい。


「それだけ？　他に何か夢みたいなことはないの？」

日当たりのよいベンチで、並んでお弁当を食べながらわたしの話を聞いていたエレンは、目を丸くしてそう言った。

金褐色の巻き毛に緑の目の彼女は、私と同い年で、華やかな美人だ。

わたしと同じ王宮のメイドだけど、将来はお金を貯《た》めて、ブティックを開く夢を持っている、デザイナーの卵さん。

何着か彼女のデザインしたドレスを見せてもらったけど、実際、おしゃれで素敵だった。

元はやはり老舗のブティックでお針子をしていたけど、才能を妬《ねた》んだ先輩に嫌がらせをされたり、デザインのアイディアを盗用されたりして飛び出してきたのだとか。

いつも元気溌剌《はつらつ》として、容姿だけでなく、いつもキラキラしている。

はっきり物を言うけれど、人を傷付けるようなことはしない、ともかく気持ちのいい子。

「んー……仕事は今のが性に合っているし、人を使うのはあんまり得意じゃないから、メイド頭《がしら》とかに出世もしたくない。今のままがいいなあ……それにエレンみたいに目標に向かって邁進《まいしん》している途中ならともかく、この歳で、新しい夢なんて……」

わたしが言うと、エレンは目を吊《つ》り上げた。

「この歳とか！　そんなふうに言っちゃだめよ。まだまだ可能性は無限大なんだから、わたしの尊敬するデザイナーでも、四十過ぎてから、この道に入った人いるわよ！」

「それはすごいね……でも、本当に特にやりたい！　ってこともないの」

そこそこやりがいがあってしんどくない仕事で、好きなものを食べて、着心地のいい服を着て、たまに好きな本を読んで、好きな音楽を聴いて、友達としゃべって……人生にそれ以外に望むことなんてあるかなあ？

「そうなの？　じゃあ恋は？　素敵な男性と出会って、めくるめく恋をして、結婚するのは？ユウカのウエディングドレスならわたしが作ってあげる！」

「それはちょっと楽しみかも？　でも、恋、かあ……」

綺麗な服は勿論嫌いではないので、エレンお手製のドレスっていうのは、ちょっとぐっときた。でも、恋、というのはピンと来ない。

学生時代、ちょっと好きな人、とか、憧れた人くらいはいるけど、彼とどうなりたい、とか、アタックしたい、とか、積極的な気持ちにはならなかった。

家のこととか、アルバイトでいっぱいいっぱいだったせいもある。

じゃあ、今、少し余裕ができて、どうか、と言われても、今更……って感じは強く、心はそんなに動かなかった。

「うーん、まだこの世界で知らないことも多いし、それを掴《つか》んでからかなあ……。そういうエレンはどうなの？」

「よくぞ聞いてくれたわ。実は今、宮廷魔術師のユーシス様が気になっているのよね！」

「えええええっ！」

わたしはのけぞりそうになった。

「そ、そ、そうなの？」

わたしは、短い期間だったけど師匠と呼べないこともない、宮廷魔術師の顔を思い浮かべた。

栗色《くりいろ》の長髪を一つに束ね神秘的な紫の目をした彼は、確かに優雅な美形だ。物腰も柔らかで人当たりもいい。

ただその、なんというか、性格が……悪い人ではないけれども！

「……人に本人の轢死体見せようとする人だよ？」

「あはは！　その話は聞いたけど、面白いじゃない。ユーモアがあるっていうか」

「ユーモア……なのかなあ、あれ……」

まあエレンは、先週は誰それが素敵、と言っていたと思えば、次の週には他の人に目移りしているようなところがあるので、深くは考えないことにする。

「でも……さ」

エレンは、少し声を落として言った。

「今、王宮の、めぼしい男性は、ほとんど聖女様に夢中なのよね……」

「ああ……」

わたしは苦笑した。


聖女アズサ。

自分と同じ日本人で、一緒に召喚された彼女が気にならなかったわけではない。

聞いたところ彼女はずっと身体が弱くて病院暮らしで、召喚されたときも病気で亡くなるところだったそうだ。（病気で亡くなる人はここに来た時点で健康になるらしい）

聖女として、これ以上ないほど大事にされ、多くの素敵な男性に取り巻かれて世話をされているといっても、まだ未成年の女の子だ。

家族や友達と離れ、こんな異世界に一人で連れてこられて、さぞや心細いだろう。

……そんなふうに思ったときもありました。

まったくの老婆心というか、不要な心配だったわけだけれども！

一度だけ、同じ異世界人……というか日本人のよしみで、彼女と対面させられたことがあった。

言ってみれば聖女様の無聊《ぶりょう》をお慰めする、みたいな感じだったけど。

こっちの世界にきて、ますます美貌に磨きがかかった彼女は、わたしをつま先から頭の先まで観察するみたいに眺めまわして、バカにしたように笑った。

『あなたがわたしと一緒に召喚された人？　何の力もない一般人だって本当なのね！』

うーん……。

言ってることは事実だけど、初対面の年上の相手にこれって、どういう躾《しつけ》を受けてきたのかな。

ずっと病弱で、入院していて、おまけにこんな美少女、親御さんも不憫《ふびん》に思って、甘やかしに甘やかすしかなかったのかもしれない。

『……ただの巻き込まれ召喚なので』

『そう。でも言ってみれば、あなた、わたしのお陰で命が助かったのよね』

そうかな？　穿《うが》った解釈をしたらそうなるか……どっちかというと、この国のお陰で二人とも命が助かったって感じじゃないだろうか。

いや、お陰っていうより、需要と供給が一致したというか……。

聖女として呼ばれたとか、巻き込まれた人でも、話を聞いてからあっちで死ぬことを選んだ人もいるっていうし。

前の世にすごく未練があったらそういうこともあるかもだから、まあそのまま死ぬこととこちらでの第二の人生を秤《はかり》にかけて、生き延びることを選んだからこっちにいるってだけだよね。

そんなことをぼうっと考えていたのを勘づかれたのか、聖女のアズサ嬢は、柳眉《りゅうび》をきりきりと逆立てて、言い放った。

『ともかく！　聖女はわたしで、必然的に物語のヒロインはわたしなの。だからこの国の目立った人たちはみんなわたしのものよ！　あなたはモブらしくモブとでも仲良くしてちょうだい！』

『はあ……その人たちの自由意志は？』

『もちろん、ちゃあんと尊重してるわ。だから強引な手は使わず、頻繁《ひんぱん》にお話しして好感度をあげたり、聖女として貢献度あげたりと地味に頑張っているんじゃない。邪魔だけはしないで！』

『ああそういう……別にいいですけど』

つまり彼女は、この世界をゲームのように捉えているんだな。

彼女との対面を終えたあと、つらつらと思い返して考えた結果のわたしの結論だった。

召喚されて、いきなり美形に囲まれて、聖女様、だもんなー。

無理はない、かもしれない。

まあ、お話しして好感度をあげて？ 聖女としてしっかり貢献して？ っていうなら、要するにちゃんとしてるってことだものね、放っておいてもいいか。

そのときはそう思った。


「ハーレムルートを目指しちゃったのか……」

聖女の現在を聞いて、わたしがぼそりと言うと、エレンは得たりとばかりに頷《うなず》いた。

「そうそう、まさにそんな感じ！ まず王太子殿下のハートをがっちり掴んでから、王立騎士団長に粉かけ始めたでしょ？ 宰相のシリル様とかユーシス様のとことかもよく遊びに行ってるし、出入りの大商人とロイヤルシートで観劇していたっていうのも聞いたし！ 養父の公爵とは親子なんだけど、ちょっとただならぬ雰囲気が漂ってるって噂もあるし！」

エレンはきらきらと美しい巻き毛を振り立てて、指折り数えて熱弁する。

その迫力にわたしはちょっと退いた。

「く、詳しいのね」

「だって、今、王宮中、この噂で持ち切りだもの。ユウカがうといだけでしょ。まったく関係ないわけでもないのに」

「ああ。あんまりそういうの興味ないし……」

関係なくもない、と言えばそうかもしれない。

聖女アズサに言われたとおり、まったくの一般人でモブではあるけれど、聖女と一緒に巻き込まれ召還された異世界人だ。

そう説明すれば、王宮の偉い人にも、「あああの」と言われるくらいには認知されている。

ユーシス様には今でも時々、声をかけられるし、シリル様とも目が合えば目礼《もくれい》くらいはするな。

聖女様とも話をしたし。

……うん、そう考えてみると、すごいなわたし。

そう思ってしまうくらいには平民暮らしが身についている。顔見知りではあるけど、雲の上の人たちであることは変わりない。

言ってみれば有名人の関係者。

良くも悪くも関係者だから有名人の知り合いと顔見知りにはなるし、挨拶くらいはする仲になったりもするけど、本人は全然凄くないという。

そのへん、勘違いしたらただの痛い人だものね。

だから聖女が、関係者全員を落とす勢いで頑張っているというのも他人事ではあった。

エレンはなおも熱心に語った。

「でね、ユーシス様を見てると、聖女の躱《かわ》しかたが絶妙なのね、決して拒絶してないように見せつつ、結局、全然、受け入れてないっていうか、ちょっと小馬鹿にしているというか、見ててすごく痛快なの。あれで好感度高くなっちゃったんだ」

「あああ……やりそう」

ちょっと接触しただけでも、すごく食《く》えない感じだったもの、彼。聖女様みたいな世間知らずの元女子高生をけむに巻くのなんてお手のものだろう。

「シリル様も聖女にその気はなさそうなんだけど、ユーシス様ほどうまく躱せなくて、ちょっと困ってるらしいわ」

「それもなんかわかる」

シリル様は若干、二十七歳にして、王の信頼も厚い有能な宰相だ。

なんだかびっくりするような美形で頭も凄くいいんだけど、基本はとても真面目な人だと思う。王族の警備をする近衛隊の隊長も兼任していて、以前は王立騎士団の団長だったとも聞く。そのせいか、普段の格好は軍服だし、軍人宰相とか呼ばれている。

今は宰相の事務仕事が中心だけど、時々、近衛隊の訓練で剣を振るっている姿を見た。

『よし、第一隊列、進め。第二隊列、援護の姿勢で』

シリル様がよく通る声で号令をかけると、一糸乱れぬ隊列がそろって動くのは魔法みたい。

彼は攻撃や防御など、戦闘に特化した魔法しか使えないって聞いたけど格好よいよね。

王宮内を歩いている姿をみると、いつも背筋が真っ直ぐで姿勢がいい。

でも四角四面ってこともなくて、親しいらしい人と何か話しながら微笑《ほほえ》んだり、柔らかい表情をしているのも見かける。

皆にすごく頼りにされ、慕われているのが、見ているだけでよくわかる人だ。

あのシリル様がいくら美少女でも、一回りくらい下の聖女にでれでれするとは考えられないけど、ユーシス様みたいにからかって躱《かわ》すこともできなそう。

女性に誘われて断るのも、傷付けないように、とか気を遣いそうだし。

それからエレンと、王太子殿下はどうとか、騎士団長はどうとか、ひとしきり聖女と皆様との噂をあれこれ寸評して昼休みは終わってしまった。

エレンの話を総合すると、ユーシス様とシリル様を除いたら、おおむね、みんな聖女様に夢中なようだった。

皮肉じゃなくてすごいなーと思う。

わたしだったら、一人の男性の相手をするので手いっぱいになりそう。とてもじゃないが、複数の男性にいい顔とかできない。

それもゲーム感覚、ってことなんだろうな。

ちょっとだけ危うい感じはするけど、わたしが口出せることでもない。

そんなことを話したせいか、それから王宮でシリル様の姿がよく目に入るようになった。

ともかく忙しい人だ。さっき、あちらに居たと思えば、もうこちらに来ている。国王陛下と部屋に籠もっていたと思ったら、今度は王立騎士団の団長と並んで話しながら歩いていく。

昼間はそうやって人との打ち合わせを重視しているためか、宰相室には、夜に詰めているようで、遅くまで灯がついていることが多い。

§

『隊長〜。どうにかできないんですか、あれ』

『聖女に言わせると、お世話になっている人を慕っているだけだというし、自由恋愛なら俺にはどうにもできないだろう』

『でも空気が悪すぎるから皆もびくびくしちゃって、訓練にならないですよ』


盗み聞きする気はなかったのだけれど、今日も通路を歩いていて、シリル様とその側近らしい近衛騎士の人が話しているのを耳にしてしまった。

あれって……あれよね。

聖女のハーレム計画……と言ったら語弊があるけど、取り巻きになっている王太子と騎士団長の関係がギスギスしてきていて、一触即発になっていると聞いた。

王太子は伝統的に軍の元帥の立場だから、騎士団の訓練とか時々、同席するのよね……。

その他にも貴族や大商人の間の確執が大きくなって、シリル様の負担が大きくなっている、という話も聞いた。

うっ、大丈夫かな。ただでさえよく働いているのに、いよいよ過労死しちゃいそう。

元ブラック企業務めとして他人事とは思えない。

それに……来たばかりのときに、お世話になっただけだけど、シリル様には恩を感じていた。

わたしを見て、優しく細められた青灰色《せいかいしょく》の瞳。

あれだけで、ずいぶん慰められたのは事実だから……。


わたしは、仲のいい厨房《ちゅうぼう》の子に相談してシリル様の夜食作りに参加させてもらうことになった。

というのもシリル様の好物が、奇《く》しくも日本由来の料理で、作れる人が少ないらしいのだ。

ずっと昔に異世界転移してきた聖女が伝えたらしいのだけど。

何を隠そうそれは、おにぎり、だった。

そんなに難しいものではないと思うのだけど……作ったことどころか、見たことも食べたこともないと、確かに加減がわかりにくいかも。

コックの中には作れる人もいるから材料はそろっているし、その人が居ればできるんだけど、小さいお子さんがいる関係で、あんまり夜には出せないとか。

ということで、わたしが厨房に入ることが許されたというわけ。

夜も更けていて、詰めている人がわりと少ないってこともありそう。

ご飯を炊いている間にお味噌汁《みそしる》を作る。シリル様はマグカップに入れて飲むのが好きらしいので、具材は小さいのがいいのね。ちょうどあった、アオサノリにした。

おにぎりの具はシリル様が好きだというシャケと肉味噌、このへんだったら、他の料理にも使うし不自由がなくていいな。

シャケをこんがり焼いてほぐし、肉味噌は作りおきのものがあったので分けてもらった。

ご飯が炊けたら、ふんわりとなるようにほぐし、よく洗った手に塩を拡《ひろ》げてから、握っていく。

一人だとたまに作るけど、そういえばこっちに来てから誰かのために握ることってなかったな。

わりあい得意で、元の世界でも褒められたことあるから大丈夫だと思うんだけど。

握りたてに、海苔《のり》を巻いたものを、試食代わりにここに入れるよう手引きしてくれた知り合いにあげると、恐る恐る囓《かじ》って、目を丸くした。

「美味しい！　これってこんなに美味しいものだったんだ！」

「炊きたて、握りたてはね……。冷えても勿論、食べられるけど、なんだかんだ熱いのが一番美味しい気がする」

なんだなんだと厨房の人が集まってきたので、ひととおり振る舞う羽目になった。もっとも食べて気に入ってくれた人が、おにぎりに挑戦してくれて、作り方をメモし始めてくれたので、結果オーライだけど。

いつもわたしが来られるとは限らないから、作れる人が増えるといいよね。

一番、出来がよさそうなのを三個、お味噌汁と一緒に持っていってもらう。

シリル様は、ああ、ありがとう、と言っただけだけど、ちらっと見て嬉《うれ》しそうだったとか。良かった。好物を食べて、少しでも元気になってくれたらいいのだけど。

それから一週間後、あの厨房の子に拝み倒されて、わたしはまたシリル様の夜食を作ることになった。

なんでもわたしが作ったとき、シリル様は三つのおにぎりをぺろりとたいらげて、お味噌汁も全部飲んだのだけど、それ以後、夜食が届くと、期待するような目を向けてきては、違うことにがっかりされるのだとか。

気遣いの人だから文句なんか言わないし、希望も言わないけれど、期待されてから失望されるのを感じるのが辛い、と、持っていく子が言っているそう。

わざわざ、おにぎりが作れる厨房の人をひっぱりだしておにぎりにしても、わたしが作ったのとは何か違うようで、そっちを一度食べてからは、おにぎりを持っていても、やっぱりがっかりするそう。

なんかわたしが作ったのと違うのが、見た目で区別つくみたい。

皆で食べても、やっぱり、ちょっと異なる、というので、違いがわかるまでは、わたしに頼むしかないってなったとか。

ええ、コツを掴むまでは、ちょっと難しい、っていっても、おにぎりでそんな違うかしら。

首を捻《ひね》りながらも、シリル様が喜んでくれるならって、やらせてもらうことになった。

「ああ、これこれ」

「やっぱりこれが一番、美味いよな」

「何が違うんだろうなあ。やっぱり本場から来た人だからか」

やっぱり皆にひとしきり食べられて、論評されてから、シリル様に運ばれる。

運んでいった青年が、しばらくしてから、嬉しそうな顔で帰ってきた。

「シリル様、すごく嬉しそうでした！」

どっと湧く厨房。

あはは……シリル様、慕われてるなあ。

わたしも、そりゃ、嬉しいけれども。

そんなこんなで、わたしは週に二回ほど、シリル様の夜食係になった。

タダ働きはいけないってことで、お給料にプラスして、お手当も付けてもらえるんだとか。

この国は、ほんと、こういうとこ、しっかりしている。

こういう制度を整えたのも、だいたいシリル様だというから、だからこそあんなに慕われているんだろうな……。


彼とはこの間、久しぶりに話をした。

たまたまだけど、廊下で行きあって、なんとなく。

「君！　確か異世界からきた、ユウカ嬢、だったか……」

歩いていたら誰かに後ろから声をかけられたのでちょっと驚いた。

振り向いたら、シリル様が、少し息を弾ませて、わたしを見ていたので二度びっくりだ。

どうやらちょっと離れたところから、わたしを見かけて追ってきたみたい。

あいかわらず綺麗な青灰色の目に真っ直ぐに見つめられて、少しドキドキしてしまった。

彫刻みたいに整った容貌の中、その目の輝きだけはとても強くて、綺麗すぎて人形じみた印象になるのを塗り替える。

色は落ち着くような色だし、優しいときは本当に穏やかなのに、不思議。

「あ、はい。よく覚えていらっしゃいますね。」

シリル様は、眩《まぶ》しそうに目を細めた。

「忘れるわけがない……その、名前は少し自信がなかったが」

「あってますし、二、三度しかお会いしてないのに、そこまで覚えている方が凄いですよ」

宰相の彼なら、一日で会う人間の数は半端ではないだろう。

近衛隊の隊長でもあるから、隊の人間も把握していると思うし。

わたしは、巻き込まれ召還されたときに、シリル様に丁寧に説明してもらって、保護施設に送り届けられるよう手配してもらったけど、近しく話したのはそれくらいだ。

保護施設を出て、王宮で勤めることになったとき、その他の王宮務めが決まった面々と挨拶にも行ったけど……。

代表者が型どおりの挨拶を述べて、シリル様は、「よろしく頼む」と言っただけなので、わたしに気が付いたかどうかはわからなかった。

王宮で行き交うとき、目が合えば黙礼くらいしていたけれど、個体として認識されているかどうかは、はっきりしなかった。

それでいいと思ってたし。

〝聖女と一緒に巻き込まれ召還されたあの〟って言い方なら、多少は覚えてくれているかもしれないとは思っていたけれど、自信なさげとはいえ名前まで記憶されていたのはびっくりだ。

「いや……俺も、会う者すべて覚えているわけではないのだが……」

わたしが素直に感嘆すると、シリル様は少しだけ目を伏せて、言葉を濁した。

睫毛長っ……じゃなくて、なんだろう。ちょっと照れたような？　まさかね。

取り繕《つくろ》うように少し咳払《せきばら》いして、シリル様がなおも話しかけてくる。

「こちらの世界には慣れたようだが、なにか不自由はしていないか？」

「ええ、おかげさまで、のんびり暮らせています」

わたしは笑顔で言った。

「昔はともかく、今は、王宮のただのメイドですので、ユウカ嬢はやめてくださいね。閣下」

ついでにまたあんなふうに呼ばれないように、釘《くぎ》を刺しておく。

わたしがどう思うかの問題じゃない。王宮のシリル様のシンパの先輩女官に聞かれたら、何を言われるかわかったものじゃないもの。彼のファンは怖いのだ。

シリル様は、少しだけ嫌そうに眉を顰《ひそ》めた。

「閣下はやめてくれ……、では、どう呼べばいい？」

「ユウカ、と。では、シリル様とお呼びしてもいいですか？」

「それで頼む。部下にも公《おおやけ》の場以外では、だいたいそれで通しているから、支障はないはずだ
……ユウカ」

「わかりました」

わたしは、お辞儀した。

「それで、何かわたしにご用事でしたか？」

「用という用はないのだが……、三日前に、俺の執務室を掃除してくれたのは、君だと聞いた」

え……。

わたしは急に緊張する。

「な、なにか、粗相《そそう》がありましたでしょうか」

机の上のものには触れないようにと言われたので、そうしたはずだけど。

「ああ、違う、逆だ逆」

シリル様は、不意に、口元をほころばせた。

太陽が雲間から出てきたような笑顔。

彫刻みたいな整った美形だから、その破壊力はすさまじい。

その気のないわたしでも思わずドキリとしてしまう。

「空気を入れ換えて、隅の埃《ほこり》まで取り除いてくれただろう？　調度品《ちょうどひん》の位置も測ったように真っ直ぐで気持ちがよかった。誰が担当だと聞いたら、二年前に異世界からきた娘だと言うから、君に違いないと……」

「あ、ありがとうございます」

わたしは、ちょっと赤くなった。仕事を認めてもらえるのは嬉しい。

「当番や休日の兼ね合いもあるだろうから、無理にとは言えないが、できるだけ、君に俺の部屋を担当してほしいと要望を出しておいたが迷惑ではないかな」

「いいえ、喜んで」

シリル様の部屋は書類こそ多いし、雑然とはしているけれど、それほど汚れている方ではない。食べこぼしとかまったくなく、髪の毛とか埃とかも少なくて、部屋の主が綺麗好きなのがうかがえてやりやすい。

ううん汚れてたって、彼の役に立つのなら、一生懸命掃除するけど。

「よかった。よろしく頼む」

シリル様はもう一度、微笑んで、足早に去ってしまった。

忙しかったんじゃないかしら、それなのに、わたしに挨拶するため、時間を取ってくれたんだ。

本当に、いい上司って感じ。

わたしはほんのりと胸が温かくなるのを覚えた。


「見たわよ～」

わたしがなんとなくシリル様の後ろ姿を見送っていると、突然、誰かに背中から、おんぶをせがむ子供みたいに張り付かれたので、思わず悲鳴をあげてしまった。

「きゃっ、いきなりはやめて！」

誰かなんてわかっているけど……エレンだ。

「シリル様とあんなに親しいだなんて聞いてないわよ。ユウカも隅におけないわね～」

エレンはふざけるように、わたしに体重をかけるみたいに乗っかってきて耳元で囁《ささや》いた。

たぶん、うるさい女官の方達には聞こえないようにしてくれたんだと思うけど、くすぐったい。

「そんなんじゃない。話したのだって、この世界にきたときとこれで二回目だし、一年ぶりだし」

「え……そうなの？」

エレンはすすっと、背中からは離れて、正面に回ってわたしの顔を覗《のぞ》き込《こ》んだ。

「ウソは言ってないのね、ふーん」

面白そうに首を傾《かし》げる。

「言ってないけど……何？」

「べっつにー。これから、シリル様の部屋、重点的に担当することになるんでしょ。何が起こるか楽しみね」

「何って、何も起こりようないって……」

私は苦笑した。

実際、そう思っていたのだ。

§

シリル様の部屋の掃除は、基本、シリル様がいないときにするのだけど、時々、彼が何かの用で戻ってくることもあり、ちょっとした会話をかわすことは増えた。

彼は高位貴族の中では気さくな方で、王宮の使用人に声をかけることも多かったから、さほど珍しいことではない。

「ユウカのいた世界はいろいろと違うんだろうな。一度、詳しく話を聞いてみたいんだが……」

「そうでもありませんよ。わたしの世界……というか国からはかなり多くの召喚者がいるみたいで、文献も残っていますし、こちらで実現可能なものは取り入れられてます」

そうなのだ。

異世界召喚とかトリップとかだと、元居た世界の知識をうまく使って……などという話が多いけど、それは召喚された人がよほど優秀だったのだと思う。

パソコンとか、携帯《けいたい》電話とか、医療技術とか、〝便利なものがある〟こと自体は知っていても、その仕組みなどさっぱりわからない。わからないから教えることはできない。

公衆衛生だとか、福祉の簡単なことかは、とっくに伝えられて実用化されてるし……。

この世界は、一見、向こうの中世風《ちゅうせい》に見えるけど、魔法が入り込んでいるだけでけっこう近代的だったりする。

そのおかげで快適に暮らせているんだから、文句はない。

ともかく、わたしが話したところで何もならないと思うのだ。

それに、できれば目立ちたくないし。

そこまで珍しくない、といっても、異世界人はそうは多くないので、異世界出身を喧伝《けんでん》するような真似をしたら、今よりは注目される。

そして何もできないと失望される……やっぱりそれはちょっと辛い。


「そう、か……」

わたしがやんわり断ると、シリル様はちょっとがっかりしたような顔をした。

知識欲旺盛《おうせい》というか、国を良くするためにずっと頭を使っているような人だもんなー。あてが外れちゃったかな。

ちょっと申し訳ない。

そう思っている内心がダダ漏れだったのか、シリル様は小さく微笑んだ。

「別にユウカがそんな顔をする必要はない。話をしてみたいと思ったのは俺の勝手な都合だからな。君には断る権利がある」

「別にイヤとかそういうのではないんですけど……」

期待されて、失望されるのがいたたまれないだけだ。

口の中で呟《つぶや》くと、シリル様は片眉を上げて、さっきとは違う顔で少しだけ唇を吊り上げた。

不敵な笑み？　みたいな感じだ。

「そうか……で、あれば、君が頷いてくれるよう、もう少し別の手を考えよう」

あれこれ考えるのもまた楽しい。

……別の手？

何のことかしら。

まあシリル様の気分が晴れたならよかった。

わたしは深く考えずに、そのまま手を動かした。シリル様が部屋に戻ってきたので、適当に切り上げて退出しようとしたら、今日はそのまま掃除をしてほしいと頼まれたのだ。

昨日、少し散らかしてしまったから、と言うのだけど、言われるほどじゃない。本が何冊か棚から出ているくらい。

空いている棚をさっと拭《ふ》いて背表紙を見て、適当に法則性を決めて並べていく。

本の棚は少し高い位置にあって、背伸びしてやっと届くぐらいだけど。

なんとかつま先立ちになって、一冊一冊入れていると、脇からシリル様に抱えている本をひょいと取り上げられた。

「このくらいのこと、俺に言えばいい」

「いえ……頑張れば届きますし」

「だが俺に言えば一瞬だ」

「シリル様は忙しいですし」

「このくらいのこと、いい気分転換になるくらいだ」

シリル様はそう呟いて、わたしを見た。

身長差がかなりあるからだろう、下を向いた拍子にプラチナブランドが、さらりと音を立てる。

あ、睫毛も同じ色なんだな……。

そんなことを思いながらぼうっとしていると、シリル様が思案するような顔になって言った。

「君がまったく届かない高さだったら、少しは頼ってくれるのだろうか」

「ええと、踏み台を探しにいくかな、なんて……」

だって、メイドなのにご主人？　とは違うかもだけど、主筋の人に手伝いを頼むとかありえないだろう。

ホテルでいうと、宿泊客にベッドメイキングを手伝ってもらう感じ。

わたしがそう言うと、シリル様は腕組みをして、うーんと唸《うな》った。

「君の言うことは正しいかもしれないが……俺としては寂しいな」

わたしは目を瞬かせた。

「そうだ。ここに助けられる手があり、助けることができる物事があるのに、その手を求められないのは寂しい。どうすればいいだろうか」

迫力さえ感じる美形に、ちょっとだけ拗《す》ねた様子でこんなことを聞かれて、一体、どうしたらいいだろう。

どうすれば、って、普通、我慢してもらうしかないのだけど。それがルールってものだ。

でも、ちょっとだけならいいかな……。異世界人だし。（異世界たぶん関係ない）

わたしは、かなり迷った末、じいっと見ている彼の目に根負けした。

「ええと、このお部屋でふたりきりのときでしたら」

「手伝わせてくれるか？」

そんな、あからさまに嬉しそうな顔をされても。

「ええと……はい。背が足りないときに」

「約束だぞ」

真剣な顔で念を押される。

……どうしよう。

凄い人なのに、ちょっと可愛《かわい》い、とか思ってしまった。

そんな感じで、特に何事もなく日はすぎていたのだけど。

今日は緊急の仕事がいくつも重なって、日中、頼まれていたシリル様の部屋の掃除にいけなかった。

同僚のお子さんが熱を出して寝込んだので代わりを務めたり、王宮に急な来客があるので部屋を調えたり、等々。

まあよほどのことがないと残業させられないし、残業手当もきっちりつくし、こういうのもたまにはね。

などと思いながら、わたしは最後のお仕事とばかりに、シリル様の部屋に向かった。

シリル様、今日は一日、外に居るはずで、終わっても直帰するって聞いていたから、思い切ってじっくり本棚とか片付けちゃおうかなー。

机の上の書類には触《さわ》らないように言われたけれど、その他は大きく移動しなければ何してもいいと言われてるし。

いっそ図書館みたいに分類して並べちゃおうか。

などと考えて、わたしが手の届く範囲の本をごっそりまとめて出してサイドテーブルに置いたときだった。

バタンッ、と大きな音がしたのは。

誰かがドアを開け急いで閉めたのだとすぐに思い、そちらを覗《のぞ》いたわたしは、驚いた。

シリル様がひどく険《けわ》しい表情で、額に汗を浮かべたただならぬ様子で扉の前にいたからだ。

はぁ、はぁ、と荒い息遣いで、肩が上下している。

秀麗な容貌がいつもより白さを増しているのに、頬から耳元にかけて、不自然な赤みを帯びていて、普通の状態ではないのはすぐにわかった。

もしかして、熱が……？

「シリル様！」

わたしは慌てて駆け寄った。

額《ひたい》を押さえてうつむいた彼が、そのまま倒れそうに思えたので。

ぐらりと傾きかけた身体を支えようと腕を伸ばしたとき、シリル様が、信じられない、というような目つきで私を見て、その手をパシリと振り払った。

「シリ……ル、様？」

一瞬、わたしは何が起こったのかわからなかった。

シリル様が騎士としてもとても優れた強い人だとは聞いていたけれど、普段の彼はいつだってきちんとして礼儀正しく、弱い者相手に乱暴なことをしそうには思わなかったので。

シリル様はわたしが驚いているのに気付くと、ちょっと傷ついたような顔をした。

「すまない……だが何故……何故、君がここに居るんだ」

シリル様は絞《しぼ》り出すような声でそう言った。

「え……遅くなってしまったけれど、お部屋の掃除を……」

「なんてことだ！」

シリル様は叫ぶと、救いを求めるように辺りを見回した。

「いや違う……すまない。ただのやつあたりだ。君は悪くない。だがすぐにここから……いや、今、出ていくのはまずいか。だが」

そう言いながら彼の汗はますますひどくなっている。

「そうだ。申し訳ないが、あの窓からでも脱出してくれたら……」

わたしがとまどっている間にも、シリル様は、飛びつくように窓の傍《そば》に駆け寄ると、「くそっ」と、鋭い声を上げた。

「ど、どういう……」

わたしがその方をみると、窓の外に武装した男性が、数人うろうろしている。

格好からいって正規の騎士団でも近衛隊でもないみたいなんだけど、なんで王宮に？

「どうすれば……」

シリル様が、窓の桟《さん》を握りながら、苦悩したように呟く。

今まで見たことがないくらい動揺している彼を見ていると、わたしはかえって、だんだん冷静になってきた。

「シリル様！」

わたしは、ぴしりと言った。

彼は驚いたようにわたしを見る。

「なにか、とても危うい事態なのはわかります。わたしでできることなら、なんでも協力いたします。だからちゃんと落ち着いて、ご指示いただけませんか」

シリル様は、悲愴《ひそう》な顔でわたしを振り返った。

「……っつ……」

なんだか悪いことをしてしまったような気がするけど、退くことはしない。状況を知らなければ、なんにもできないのだから。

彼は気を落ち着かせるように、青白い顔のまま目を閉じて、深く息をついた。

よろよろと数歩歩いて、椅子に腰掛ける。

「そのまま……絶対にそのまま、俺から距離をおいて聞いてくれ」

シリル様は荒い息を吐きながら言った。

「聖女にパナメイアの毒を盛られてしまったらしい」

「毒っ！」

わたしは、息を呑《の》んだ。

「大変じゃないですか。解毒剤は？　誰か呼んでっ……」

「ユウカ。落ち着いて。生死にかかわるものではない」

とても余裕がないのは見て取れるのに、彼の声色は低く、抑えめだった。

ただ疑問の余地もないほど苦しげだけど。

「遅効性の……媚薬《びやく》のようなものだ。ただの媚薬より性質が悪いので毒だとされる、だけで……」

「それは……」

そのときだ。

「シリル様、こちらにいらっしゃるんですの？　開けてください」

軽いノックの音がして、鼻にかかったような甘ったるい声が聞こえた。

あれは……聖女アズサ？

「ひどいわ。お話している途中で席を立つなんて、ねえ、お顔を見せて」

「聖女、申し訳ないが、今日は体調が悪いので、御前《ごぜん》、失礼する！」

シリル様は鋭い目をドアに向けると、小さく指で何か空に描いて呪文《じゅもん》を唱えた。

　ドアの前に青いシールド的な光が浮かび、ふっと消えたけれど、ドアからの音は聞こえなくなった。

　すごい。

　音が聞こえなくなると、シリル様はちょっと安心したようで、目を隠すようにして掌《てのひら》で覆い、また深く椅子に沈む。

　外界から刺激を受けるのが辛いんだな、とはなんとなく察しがついた。

　彼は弱々しい声で言う。

「ユウカ、できることならすぐに逃げてほしい、このままでは、俺は君に何をするかわからない。けれど、今、外に出ると聖女が君に害を加えるかもしれないから……」

「シリル様……」

　わたしは遠い記憶を漁《あさ》った。その名前を、たしか、エレンから聞いたことがあったのだ。

　パナメイアの毒。

　媚薬の一種ではあるが、もっと性質が悪く、呪《のろ》いとしかいえない症状を出す魔薬であると。

　普通の媚薬なら、性的な興奮は促《うなが》すが、一定時間を精神力でやりすごすか、男性なら、分で処理して、精を何度か吐き出せば、抜くことができる。

　女性なら熱に苦しむことになるけど、それも耐えるか男性ほどではないにしろ、いくらか自分で散らすことができる。

けれども毒薬とも称されるそれは、男性なら誰かの胎内に精を吐き出さなければ。女性なら誰かの精を胎内に受けないことには、決して治まることはなく精神をむしばみ続けるのだと……。

理性が強い人間が耐えれば耐えるほど、その反動は強く、しまいには人語も通じない獣のようになってしまうのだとか。

「聖女の気持ちに応《こた》えるわけにはいかないのですか？」

念のため、わたしは小さく尋ねた。

シリル様は目を覆ったまま、力なく首を振る。

「聖女……彼女は、身体は大人でも精神は未熟な子供だ。周囲の者の愛をひたすら貪《むさぼ》ろうとするだけで悪意はないのだろうが、既に王太子と騎士団長や商人の間に深刻な不和が表面化している。俺まであれに巻き込まれるわけにはいかない。けれど一度関係を持てばそうもいかないだろう」

人に危険な媚薬を盛る時点で、とても悪意はないとは言えないけれども。

彼女にとってこれはゲームのようなもの、なのだものね……。

薄々感づいていながら、彼女を放っておいたわたしにも少し責任がある気がする。

私は胸のあたりをぎゅっと掴んだ。

「その他に……シリル様に、恋人のような方は？」

念のため尋ねると、彼は額に脂汗を浮かべたまま、自嘲気味にふっと笑った。

「居たらさすがにこの事態だ。頼っていただろうな」

わたしは肩の力を抜いた。

「だったら大きな問題はないですね」

わたしはシリル様に近寄って、空いている手にそっと触れた。

シリル様は、びくっと身体を震わせて、また振り払おうとしたが、先ほどのような力はない。

わたしが両手で包み込むようにすると、そのまま抗《あらが》う力が抜けていく。

シリル様が目からようやく手を離して、わたしを見た。

「ユウカ、ダメだ……」

その声は、泣いているようだった。

その力なさがむしろわたしの決意を後押しする。

「わたしを使ってください」

うつむいて、なるべく冷静に聞こえるように言った。

「聖女みたいに綺麗でもないし、色気もないですけど、わたしで役に立つなら……」

シリル様は、まじまじとわたしを見つめ、一瞬後、激しく首を振る。

「バカなことを！　俺は！」

「その薬はそうしないとどうにもならないものなのでしょう？　聖女を抱くか、わたしを抱くかです。他の人が呼べるならそれがいいのでしょうけど」

そうさせないために扉の外に聖女が、窓の外にも、聖女の部下らしい人達がいるのだろう。

「俺は……」

シリル様は、迷うようにわたしを見つめた。綺麗な青灰色の目が、少し濡《ぬ》れたように潤んでいる。

こんなときになんだけど、すごく色っぽい……艶《つや》っぽいと言うべきか。

薬を飲んでいないわたしも、少し体温が上がったような気がした。

悩んでいるのね……真面目な人だもの。

でも真面目だからこそ、国政を乱すかもしれない聖女の手は取れない。

あの美少女と天秤《てんびん》にかけざるをえないのが、わたしなのは、ちょっと悪い気がするけど。

シリル様はわたしを見つめたまま、コクリと息を呑んだ。

「俺は君が……」

わたしは首を振った。

「何も言わないでください。せめて……謝らないで」

覚悟は決めているけれども、こちらもいっぱいいっぱいだ。

ここで、謝られるとくじけそうになるからやめてほしい。

わたしはできるだけ、余裕に見えるよう微笑んでみせた。

「わたし自身はそれほど経験豊富ではないですが……聖女を見ていればわかるでしょう？　こちらの世界より元の世界の方が少しだけ、そういうことには大らかなんです。だから……」

それほども何も未経験だけど、そこはちょっとごまかすことにした。

いろいろな悩みはあるものの、わたしはこの世界が、この国が好きだ。

あの世界で死なずに、ここでまた新しい人生を始められてよかったと思う。

だから。

この国を支えているシリル様の力になりたい。少しでもこの人が苦しまず、理想の道を歩けるように。

初めてだけど……別に大事にとっていたものってわけでもないし。

わたしは、シリル様の手を引っ張って、自分の頬にあてがった。

ゆ、誘惑ってこんなのでいいのかな。

「できるなら限界まで迷って理性が飛んだ獣のような状態でされるより、少し優しくしていただける方がありがたいんですけど」

ガタッと音がしたと思った。

気がつくと、しっかりした胸板に頬を寄せ、息が止まるほど強く抱きすくめられていた。

シリル様が椅子を蹴倒す勢いで立ちあがってわたしを抱いているのだとわかったのは、しばらくしてから。

「ん……」

それがわかって、あっ、と思うまもなく、頤《おとがい》に指をかけられ、口づけられる。

かすかに、ジャスミンのような香りがする。

少し指の力が強まって唇を開かされた。

するりと舌が入り込んでくる。不思議な感触だった。

「っ……」

口づけはひどく長い時間続いた。

ぴちゃっ、という音が生々しい。

舌を搦《から》め取られ、口の中を舐《な》められて、呑《の》み込み切れない唾液が、顎の方に流れていく。

気持ちいいとかよくわからないけど、全身が発熱したように火照《ほて》るのがわかった。

大人になってからこんなふうに人と身体をくっつけたことなんてない。無論、キスも初めてだ。

初めてなのに、いきなりこんな濃い接触で、目が回りそう。

「ユウカ……」

シリル様の掠《かす》れた声が耳元で響く。

唇が解放されたかと思うと、頬に、耳元に、顎に、唇を滑らされ、舐められた。

ぞくぞくする。

「あっ……」

特に襟元をくつろげられ、首筋に唇を這《は》わされると刺激が強かった。

同時にドレスの上から胸をやわらかく揉《も》まれて、声を抑えられない。

「あっ……んっ」

ようやく唇が解放され、くったりと力が抜けた身体をシリル様に預ける。

背中と腰のあたりに手がまわったかと思うと、軽々と抱え上げられた。

「きゃっ……」

何がなんだかわからないうちに柔らかいものの上に下ろされ、ちょっとしてからベッドに運ばれて寝かされたのだとわかった。

髪を指で梳《す》かれる感触に、いつのまにかまとめていた髪がばらばらにされているのを知る。

「ユウカ……」

目を上げると、燃えるような熱を宿したシリル様の瞳があった。

そこに宿るのは……情欲？　というべきなのだろうか。

いつもの彼のような安心するような穏やかさはなくて。

だけど、やっぱりその奥に、まだ迷うようにわたしに対する気遣いみたいなものが見てとれて。

ああ、やっぱりこの人は綺麗だ……。

わたしは、どこかせつないような気分で、腕を伸ばし、彼の首を引き寄せた。

「いいんです。今は、何も考えないで……何も言わないで、その熱を散らして、元のあなたに戻ってくれたら」

それが一番、わたしにとっても救いになるから……。

§

「んっ……ああっ……」

それから先は、荒い息遣いと、わたしが零《こぼ》す声だけで、ほとんど無言だった。

シリル様の指は熱くて、時に性急で、でもできる限り優しくはされたと思う。

一枚、一枚、確かめるようにあちこち触れられながら、身に付けたものが剥《は》ぎ取《と》られていって。

シリル様も、もどかしそうに、服を脱ぎ捨てていく。

肌と肌が合わさると、こんなときなのに、少しだけ安心してしまった。

温かい。

普通、こんなことに至る理由の……情熱、みたいなのは、あいにくとないけれど、不思議なほど嫌悪感や、恐怖などは感じなかった。

この人に任せていれば。流されていれば、それでいい。

ふうっと息を吐くと、待っていたように唇が合わされる。

あらわになった胸を掴まれ、先端を指でくりくりと苛《いじ》められると、そこが固く立ちあがっていくのがわかる。

「あっ……！」

そのまま、ちゅうっと吸われると、ぴりぴりっと弱い電流が走るような気がした。

お腹《なか》や腰、脇のあたりや、お尻のあたりまで、確かめるように手が這わされる。

「綺麗だ……」

耳元に囁《ささや》かれて、いやいやと首を振る。

そういうのは勘弁してほしい。心なんて、今は要らない。

わたしの拒絶が伝わったのか、睦言《むつごと》はあまり囁かれなくなった。

というより、彼の余裕がなくなってきているのかもしれない。

時々、脚にあたる熱い何かは、たぶん……。

「すまない。一度、出す……」

そんなふうに囁かれて、脚のあたりにその熱いものが擦りつけられた。

そのまま、少し何かをしている気配があって、熱い息が耳元に吹きかけられたと思うと、生温《なまぬる》いものでお腹を濡らされた。

あ、出すってそれ……。

媚薬の呪いは解けないけど、少しは落ち着けるのかもしれない。

乱暴にされるのは怖いので、ちょっとありがたい。

「ごめん……汚した……」

はあっ……っと、熱い息を吹きかけられるけど、シリル様の声が少しだけ落ち着いていたのでほっとした。

脚の付け根のあたりを指が彷徨《さまよ》う。

ぬるり、とした感触は、さっき出したもの、かな……。

ぼんやり考えたりはしたけど、頭の中も身体も、もういろんなところがぐちゃぐちゃになってて、はっきりしたところはわからなかった。

でもそこを弄《いじ》られたときは、はっきり、びくっと身体が反応した。

「ああっ‼」

さっき弱く感じた電流が、こっちはすごく強い。

何がなんだかわからないけど、嵐《あらし》に襲われたみたいに声を止めることができない。

身体の中心にあるなにかを、転がすみたいに優しく指で擦られて、気が変になりそう。

これってあれ、よね……。聞いたことはある。女性の性感帯の……。

「や、そこは……うん、あっ、ああっ」

わたしは身体を捩《よじ》った。

刺激が強すぎて冷静になれない、触らないでほしい
そう思うのに、声は声にならず、指の動きは止まらない。

「ユウカ、大丈夫だ。そのまま感じて……」

「あっ……あんっ……やぁぁ……」

シリル様が慰めるように囁いてくれたのだけど、正直、何を言われたのかよくわからなかった。

刺激から逃れたくて身を捩るけど、腰に回された腕はびくともせず、執拗《しつよう》にそこを弄られた。

「うっ……あ……ああっ……」

押し流されるように頂点に持っていかれる。

ふわりと身体が浮かんだような気がした。

とろり、と自分の中から何かが溢《あふ》れるのがわかる。

「ユウカ、ユウカ、大丈夫だ……」

シリル様に慰めるように、頬にキスされた。

少し泣いてしまったのかもしれない。

ぼうっとして、シーツに身を投げ出していると、脚を広げて折り曲げさせられた。

熱を孕《はら》んだ囁きと共に、つぷり、と身体の奥の方になにかが入ってくるのがわかる。

「挿入《い》れるよ」

「う……ん」

たぶん、指。

痛むかと思ったけど、そんなことはなかった。探るようにぐるぐると動かされても違和感があるだけ。

でも二本、三本、と増やされると、ちょっと感じが変わってきた。

圧迫感が強くなる。

「狭い……」

シリル様が呟く。

経験がないの、ばれるかしら、とぎくっとしたけど、それは大丈夫みたいだった。

彼ももうかなり、せっぱつまっていたみたいだったから。

少しの間、確かめるようにぐちぐちと中を掻《か》き回された後、折り曲げた脚を持ち上げられて、
熱い塊がそこに押し当てられる。

あっと思う間に、ぐぐっと、それが入ってきた。

「痛っ……」

覚悟はあったけど鋭い痛みが走る。

痛いのもそうだけど、身体の底がこじあけられるような苦しさが強かった。

「君はっ……?」

はっとしたような、シリル様の声に、わたしは必死に彼の背中にしがみついた。

ここまできて、やめられるわけにはいかないのだ。

それこそ言葉が悪いけど、やられ損?　ちょっと違う気がするけど。

ここまで身体を許して彼の呪いを解けないなら、意味がない。

「いいからっ」

「しかし……」

「いいからっ、はやくっ……」

思わず背中に爪を立てると、くっ……と彼が喉の奥で呻《うめ》くのがわかった。

彼だってもう限界なはずなのだ。

「すまないっ……」

小さな呟きが聞こえると、さらにぐっと入って来て痛みが強くなった。

どこかでパチンと、なにかが弾けたような感覚があり、身体の奥がなにかで埋まった。

あ、入った……みたい。

思わず大きく息を吐くと、シリル様も同じように息をつくのがわかった。

そろりと目を開けると、燃えるような青灰色の目と視線が合う。

額には大粒の汗。

わたしにはよくわからないけれど、普通でもこういうときって止まるのは大変だというから、薬に冒されている彼の忍耐は想像もつかない。

「動いても……いいっ……か？」

切れ切れに問われる声に、必死にこくこくと頷く。

「は、い……」

身体の中のものが、ずるりと引き抜かれ、抜け出ていったかと思うと、また入ってくる。

ベッドがわずかにきしみ、抜き挿しにつられて身体が揺れた。

痛みはあったけど、最初に入ってきたときみたいなことはなかった。

これが、セックス……よね。

映画とか、ドラマとかで見るのはだいたい、ここらへん。

裸で抱き合って、汗を掻《か》いて、揺さぶられて嬌声《きょうせい》を上げる。

それを自分がしているなんて、嘘《うそ》みたいだ。

痛みと、わけのわからない熱で、ぼんやりしながらそんなことを思った。

ゆるゆると揺さぶられて身体の中が潤《うる》んでくると、さらに、痛みは薄れていく。

「んっ……んっ……」

気持ちいいかなんかなんて、よくわからないのだけど、身体の中を動かれると甘えているような声が出た。

「ふっ……う……」

思わず握った手を唇にあてると、宥《なだ》めるように唇が降ってくる。

額とか、頬とかに、いくつもキスをされたあと、そっと握り拳の上に手が重ねられて、口元から外された。

「声、聞きたい……」

「やっ……あぁぁ」

高い声が上がると、ずん、とお腹の中が重くなった。

脚を抱えなおされて、さらに、ぐっぐっと奥を突かれる。

ぱちぱちと、肌と肌がぶつかる音がした。

揺さぶられていたのは、たぶん、そんなに長い時間じゃなかった。

ぐっと中の圧迫感が強くなると、不意に弾けて、中が濡らされるのがわかった。

何度か腰を押しつけられて、さらに水っぽいものが胎内に広がっていく。

「くっ……」

全部出し切ったあと、わたしの中からシリル様が抜け出て、どさりと横に倒れ込んだ。

はあはあと荒い息の中で、抱き寄せられる。

「君は……バカだ……！」

彼が苦しげに言った。

「俺のために……こんな……」

「この国の未来のためで……シリル様のため、というわけではないので……」

——気にしないでください。

そう言いたかったけれど、緊張の糸が切れたのか、そのままわたしの意識は途切れてしまった。


目が覚めたときは、朝のようだった。

もう何事もなかったように、身体は清められていて、服もちゃんと着せられている。

身体の芯とか関節にやや違和感はあるけれど、それも誤差の範囲で、昨日のことが夢みたいだ。

夢じゃない証拠は、ここがシリル様の部屋で彼のベッドの中であること。

「ユウカ、気がついたか」

わたしの気配に気付いたのか、シリル様が駆け寄ってきた。

「はい、すみません。眠ってしまったようで……」

わたしが上半身を起こして頭を下げると、シリル様は手を振った。

「君が謝罪などする必要はない！　謝るべきなら俺だが、君が謝るなというから謝らない」

きっぱりと言う彼に、少しだけ笑うことができた。

「はい……そうしていただきたいです」

シリル様はちょっと眩しそうに目を細める。

「謝りはしないが……身体は大丈夫か？　身体を拭いたり、服を着せたりは近衛隊の女性を呼び寄せてやってもらった。秘密は厳守してくれるはずだ」

「ありがとうございます。大丈夫です」

メイド仲間に頼まれたら、噂《うわさ》が回るもんね、その気遣いはありがたい。

「シリル様は大丈夫ですか？」

かなり強い薬のようだったけど、一回でどうにかなるものだろうか。

「あれは呪いのようなものだから……君のおかげで一度条件さえ満たせば、熱を散らすのは、自分一人でどうにでもできる」

一人で……一人でってそういうことかしら。

ちょっと微妙な顔をしたのがわかったのか、シリル様は赤くなった。

「冷水を浴びたり、鍛錬《たんれん》をしたり等、どうにでもできる、ということだ」

気まずそうに早口で言ったあと、彼はまたわたしの顔を見た。

「表の聖女達は、あれからユーシスに連絡して、なんとか引き取ってもらったし、今後このようなことのないように毒消しも手配してもらう。君は、昨日の晩、俺の業務につきあって残業してもらったということで今日と明日は休みだ」

「はい。わかりました」

あいかわらずよく気の回る人だ。

いつもどおりの彼にわたしは安心した。

「何もなくてよかったです。では今日はこれで……」

ベッドから降りて退出しようとするわたしの前に、シリル様が跪《ひざまず》いた。

え、なに……？

びっくりするわたしの手を彼がとって言う。

「繰り返しになるが、謝るなというから謝らない。けれど、こうして無事に居られるのはユウカのおかげだ。いや、あんなことがなくても、前から君のことが気になっていた。結婚してほしい」

ああ……真面目な人だもんね……。

不意を突かれたけど、こういうのをまったく想定しなかったわけではない。

わたしはにっこり笑ってこう言った。

「お断りします」

「え……」

即答にちょっと固まるシリル様をおいて、わたしはさっさとベッドから抜け出した。

急いでスカートの皺《しわ》を直し、髪の毛をざつに整えながら早口で言う。

「わたしちゃんと言いましたよね、わたしの元いた世界だと、そういうのはわりと緩めだと。聖女様だって、複数の人とよろしくやっているんでしょうし……」

「だが、君は、はじ……」

「プライベートなことはお答えしかねます！　それにどうでもいいんです。たまたま昨日がそうだったというだけなんで！」

わたしは少しだけ表情を硬くして、きっぱり言った。

そういうことで気を遣われたくなかった。

「昨日のことは非常時の……なんというかお仕事みたいなものです。国政を乱すまいとしたシリル様を、僭越《せんえつ》ですがわたしがお手伝いした、というだけで、情緒的なものは何もありません」

わたしはざっと身支度を終えると、シリル様にまっすぐ向き直ってお辞儀した。

「お気遣い感謝します。おかげさまで後処理は完璧です。だからどうぞ、お互い、昨夜のことはなかったことに……」

「そういうわけにはいかない」

シリル様は、逃げようとするわたしの手をとって腰に手を回した。

え……？

初めてちょっと動揺した。

え、え？　なんか、今、すごく自然に抱き寄せられなかった？

わたしの中の、真面目で誠実であるがゆえに、女性のあしらいは苦手そうなシリル様のイメージがちょっと崩れた瞬間だった。

シリル様は、あの青灰色《せいかいしょく》の目でわたしの目を覗き込んだ。

気のせいかな、昨夜みたいに、少し艶っぽさが乗っているような気がする。

「済んでからできるだけの処置はした、が、俺が君にそういうことをしたのは間違いない。君の中に俺の子がいるかもしれない」

「あ……」

そうか。

あのときは、さすがにいっぱいいっぱいで、そこまでは考えていなかった。

そうそう一回で命中しないような気もするけど、絶対はない、よね。

そういうのを避ける魔法もあるけど、昨日はそうしない、のが条件だったし。

「……思い出してくれたか？」

少しだけ怯《ひる》んだ私の雰囲気が伝わったのか、シリル様はぐっと詰め寄ってきた。

瞳が甘さを増している、気がする。

うう、間近でみると本当に麗《うるわ》しい。この雰囲気に流されるのはまずい。

わたしは唇に手をやって少し考え込んだ。

「万が一、の場合は、シリル様に認知や養育費のご相談はするかもしれませんが、まずは様子見でよくないですか？」

シリル様は眉を寄せた。

「子どもができているいないにかかわらず、子どもが居るなら尚更《なおさら》、君と結婚したいのだが……ダメか？」

「ダメです」

わたしはきっぱり言った。

「何故？」

シリル様が、少し悲しそうな顔で言う。

理由なんてわかりきっている。

後腐れのないよう、わたしはきっぱり引導を渡した。

「そんなの……わたしがシリル様をそういう対象に見ていないからに決まってるじゃないですか」

ちょっとショックを受けたような顔をしているシリル様を後に、わたしはさっと、頭を下げてありがたく退出させてもらった。

§

「えええ、勿体《もったい》ない！」

続けて休みを取ったわたしを心配して見舞いに来てくれたエレンに一部始終を語ったところ、開口一番、出てきた感想はそれだった。

「そのまま承諾していれば公爵夫人だったのに、大出世じゃない！」

「柄《がら》じゃないし、そういう問題でもないわ」

わたしは、いつもより高級な茶葉で淹《い》れた紅茶と菓子を用意しながら、落ち着いて言う。

休暇と同時に、なんだかよくわからない特別手当てが支給されたのだ。

それもけっこう高額な。

わからないって……わかるけどね！

情緒的なものを排除するなら、あれはお仕事だ。お仕事なら給金が出るのが当然。

納得をしつつも、なんとなくもやもやするので、散財してしまうことにした。

「わたしはシリル様に恋してないし、シリル様もわたしを好きじゃない。ただの責任、というか義務？　そんなんで、おまけに身分違いの結婚なんて、ろくなことにならないでしょう？」

子どもができている可能性を考えつつも、きっぱりお断りした理由はそれだった。

わたしはシリル様をそういう意味では好きじゃないし、シリル様もわたしを好きじゃない。

だったら好きになればいいのか、と言われそうだったので、あんな言い方になった。

「ユウカの方はそうかもしれないけど……」

エレンは首を傾《かし》げた。

「シリル様の方は、明確に恋愛感情じゃないかもしれないけど、好意みたいなものはあったんじゃない？　それなら結婚して一緒に生活すればうまくいくんじゃ？」

「ないない。その程度の好意なら、シリル様はすごく対象が広そう」

わたしは笑って否定した。

元々が気遣いと博愛精神みたいな人だ。

嫌われてはいない、とは思うけれども、特別視されるような何かもない。

好意というなら、掃除の仕方が気に入った、とかだし。

「それにあのシリル様の妻よ？　滅茶苦茶愛し合ってでもいなければ、遠慮したくならない？」

お金があって地位が高ければ幸せなんて、とてもそんなふうには思えない。

公爵で宰相で近衛隊長で……おまけに責任感の強いシリル様の伴侶なんて、義務や気苦労が多そうだ。

それも釣り合わない貴賤《きせん》結婚とくれば、周囲の風あたりも強いだろう。

「そう言われれば……そうね。シリル様と結婚したらブティックなんてやってる暇なさそう」

エレンは少し考えて、納得したように頷いた。

お金があればできることは沢山ある。それは否定しない。お金は大事だ。

けれど、あればあるだけよくて、それ以外を犠牲にしてもいい、などとは思わない。

さらに責任の伴う高い地位となればなおさら。

あればあったでいいのだろうけど、自分の夢とか楽しさと引き換えにするようなものじゃない。

エレンとはそこらへんの価値観が一致しているので気が楽だった。

「ううん、難しいわね……ユーシス様の妻になったらどうなるかも考えないと」

「あ、それ、まだ継続してたんだ……」

冗談めいて言う彼女に苦笑する。

「続いてるに決まってるでしょ。今度こそ真剣なんだから！　あ、そうだ。せっかくここに来たし、あれの作り方教えて」

エレンが棚においてある折り鶴を指して言った。そういえば、以前、子どもに作ってあげたのを見て、知りたがっていた。

休憩時間ではゆっくりできなかったから、なかなかいいタイミングだ。

だけど、ちょっと気になった。

「いいけど……今更？」

教えてほしいと言われたのはずいぶん前だけど、それっきり聞かれなかったので、興味がなくなったのかと思っていた。

わたしの疑問がわかったのか、エレンはえへへと笑う。

「いつか教わりたいと思ってたのは本当！　だけど、最近さらに……ね、ちょっとああいうの作るのおしとやかっぽくない？　と思って」

「おしとやかっぽいって？」

「ユーシス様の好みがね……それっぽいんだよね」

エレンは珍しく、ちょっとためらうように言った。

「彼は特に女性関係が激しいわけではないけどシリル様ほど堅物でもなくて、交際を噂されていた人が三人ほどいるの。そのタイプがどれも……」

「おしとやか？」

「違う言い方すれば、知的な美女、みたいな感じだけど」

「それでそういうの目指そうって？」

「まあね……」

ちょっと恥ずかしそうに肩をすくめる。わたしが思っていたより、今度のエレンの恋は真剣だったのかもしれない。

とりあえず万屋《よろずや》の包み紙とか、綺麗なのでとっていた紙を正方形に切って、鶴とかカエルとか簡単なのを教えた。

おにぎりが伝わっているくらいだし、折り紙も探せばあるらしいんだけど、あまり一般レベルまで浸透してないみたい。

「でも、ドレス作るために裁縫《さいほう》してる姿とか、十分、おしとやかっぽくない？」

「うーん、でも裁縫は仕事だから、貴婦人の刺繍《ししゅう》とかとは違うと思うんだよね」

などと語りつつ、わたしは休みを満喫した。


身も心もリフレッシュしたところで仕事に行くと、すぐにシリル様の部屋に呼ばれた。

不思議に思いながら部屋のドアを開けると、執務机についたシリル様と、傍《かたわ》らにユーシス様が立っている。

「ユウカ、久しぶりですね……ああ、真面目に禊《みそぎ》にも通っているようで安心だ」

栗色の長髪の大魔術師は、紫の目をちょっと細めてそんなふうに言う。

左手に持つ長い杖《つえ》は、それがあると魔力を増幅できるのだと聞いている。

わたしはぺこりと頭を下げた。

「おかげさまで」

禊、というのは王宮の傍にある神殿の聖泉で、身を清めることだ。最低でも半月に一度は行くようにユーシス様に言われていた。

なんでも異世界召喚された者は、大なり小なり浄化の力を身に付ける代わり、こちらの穢《けが》れを身に貯めやすいのだとか。

確かに禊をした後は、体調や気分がよくなる気がするし、逆に間《あいだ》が空くと不調が出る。

そこに納得してからは、休日を利用して、なるべく週一は通うようにしていた。

神殿の中とはいえ暖房など一切ない中、それ用の薄物一枚まとった姿で冷たい水を浴びるので、暑い時期はともかく寒くなってくるとなかなか厳しいけど。

秋が深くなってきた今も、そろそろ辛くなってきた。冬場は出たらすぐに巫女《みこ》さん達がタオルをくれて暖かい部屋に入れてくれるのが救い。

聖泉の利用者はそれほど多くはなく、神殿の人を除けば、わたしと、忌み事に触れたとか魔獣に傷を負わされた人とかがぽつぽつくるくらいなんで、顔見知りが多い。

聖女もわたしと同じく、半月に一度は禊が必要なはずだけど、そこは聖女だから、特別な区画とかあるのかもしれない。会ったことはない。

ともかく、たしかに真面目に通ってはいるけれども、どうして見ただけでわかるんだろう。

ちょっと嫌だなあ……。

ユーシス様がくすっと笑った。

「清浄な空気をまとっているか淀《よど》んでいるかはわりあい簡単に感じ取れるので……。別にそれ以外のことはわかりませんよ。……あなたは本当に顔に出ますね」

「隠す必要があるときは、隠しますよ」

別に今のは隠す必要は感じなかったし、言ってもそんなにすらすら読み取ってしまうのは彼くらいだと思う。

ユーシス様は頷いて、傍らに目をやる。

「だ、そうですよ。見たままを信じてもいいんじゃないですかねえ。誰もがわたしやあなたみたいに本心を隠すわけではないので」

「本音を隠さなければいけない場合もあることは確かだが、おまえみたいな人外魔境《じんがいまきょう》と一緒に括《くく》られるのは不本意だ」

シリル様が、ちょっとむっつりしたまま言った。

確かに、取り繕わなければいけない場面はあるにしろ、ユーシス様とシリル様を並べるのは無理があるよね……。

「ああ、ダメダメ。すっかり騙《だま》されちゃって。いや騙されてないからこそなのか」

ユーシス様は、お手上げだというふうに杖をちょっと持ち上げて、かぶりを振った。

な、なんかすごくダメ出しをされたみたい。

少しだけ上体を曲げてわたしの目を見つめ、思わせぶりに言う。

「考えてごらんなさい、シリルはこの国の優秀な宰相ですよ。腹芸ができないわけないでしょう？　まああなたにはあんまりそういうの見せたくないみたいですが」

「できることと、いつもそうするのは別問題だろう。おまえの言動はただの趣味だ」

シリル様が言う。

趣味、言いえて妙かもしれない。

思わずくすりと笑うと、シリル様が、パッとわたしを見た。

そのまま立ち上がって、つかつかと近付いてくる。

「ああ、そんな話はどうでもいいんだ。ユウカ、俺は君に嫌われていない、とは思っていていいのだろうか」

仕事の……いわばクライアント相手に好きも嫌いもないと思うけど、シリル様相手にはいろいろとイレギュラーなことはしているので今更だ。

というか今更過ぎて、ちょっとだけ腹が立った。

「いくらそういうことに緩《ゆる》いと言っても、嫌いな人と、あんなことはできませんが」

のっぴきならない事態だったとはいえ、シリル様があれで聖女に屈しても、まだやりようはあったはずだ。めっちゃ高スペックの人だし、逆に聖女を本気にさせちゃうとか。

けれど、シリル様がとても悩んでいたから。

彼のことが嫌いではなかったから。

もっと言うなら、恋愛とは違うけれど、人としては好きだったから。

自分にできることならと、手を差し伸べた。

「ほら御覧なさい。そういうのをいちいち確かめるのは、墓穴を掘るばかりだと」

わたしの怒気がわかったのか、ユーシス様が茶化すように言った。

シリル様が、おろおろしたように言う。

「それはそうだ。当然だな。すまなかった」

「謝らないでください、と言いました」

「それはあの夜のことに関してだろう。今のはさっきの失言に関する詫《わ》びだ」

シリル様は、ごほんと咳払いして、いつもの真っ直ぐな目でわたしを見た。

「俺は君に対しては、どうしても不器用になるらしい」

え、シリル様が？　不器用？

あまりに意外な言葉に、わたしは怒りを忘れてきょとんとした。

首を傾げると、シリル様は少しだけ赤くなった。

「君を意識しているからいつものようにいかない。君相手に姑息《こそく》なことをしたくないのは俺の意志だが、その他の言動で間違えてばかりいる」

えーと、それは……どういう意味で？

わたしが返事に困ると、シリル様は、決心したように真っ直ぐな目で言った。

「率直に言おう。俺は君に恋愛的な意味で好意を抱いている。あのことがあったからじゃない。ずっと前からそうだった」

挑《いど》むように言われて、頭が真っ白になる。

好意、好意って……？

わたしが彼を好ましいと思うような意味ではなく？　ああ、恋愛的な意味でと言われたから。違うけど、でも。

異世界から来たとはいえ、わたしは容姿も魔力も普通な一般人で、メイドで。

シリル様はこの国の宰相で公爵で、近衛隊の隊長で、ともかくかけがいのない人で、おまけにこんな凄い美貌の持ち主で……。

「……信じられません」

何をどう言われても、あのときの責任を取ろうとしているだけだと思ってしまう。

端的に答えると、シリル様はうんと頷いた。

「たぶん、そう言われると思った。今はそれでいい」

彼は優しげな声で言った。

「答えも急《せ》かすつもりはない。ただこれから君には俺に好かれている不利益がもたらされると考えられるので、言っておかなければならないと思った」

えーと？

いきなり爆弾を落とされたかと思ったら、命中前に不意に軌道が逸《そ》らされた感じだ。

傍らのユーシス様はくくっと笑っている。

わたしは、ちょっとどうしたらいいかわからない。

シリル様が、真面目な顔で言った。

「だが、こちらはそうも言っていられない。俺が思い通りにならなかったので、聖女が君と、君の友達を傷付けにくるかもしれない」

「わたしと……友達？」

王宮内にはそこそこ親しい人は何人かいるけど、まず思い浮かぶのは。

「そのエレンさんですよ」

ユーシス様が言った。

あ、名前覚えてもらってるんだ、よかったね、エレン。

そこからはユーシス様が説明してくれた。

わたしが気絶してしまってから、なんとか落ち着いたシリル様は、魔法で緊急の通信を使って、ユーシス様を呼び出し、部下を連れてきたユーシス様が聖女とその配下を撤退させた。

「え、じゃあ……あの時点でユーシス様を呼べばなんとかなったんじゃ……」

わたしが青ざめると、ユーシス様は苦笑した。

「それは無理ですね。緊急の回線を開くのには、それなりの集中と冷静さが必要ですから、毒にやられたままでは無理だったでしょう。どっちにしろあれの解呪《かいじゅ》は誰かと行為をするのでなければ、わたしでも丸五日くらいはかかる厄介なものですし」

「そうですか……」

少しほっとした。

「ともかく、それでシリルが閉じこもったまま周囲を蹴散らしたので、あの毒を解除したのが誰か、はっきり知られてはいないです。だが、目星をつけることはできる」

「それは……」

そうかもしれない。

必ず誰かを抱かなければならない呪いが、すぐに解けたとなれば。

彼の身近にいる女性……たとえばメイド、とか……。

「ユウカが目を付けられるのは当然ですね。シリルの部屋の専属になっていることも、彼があなたを気に入っていることも既に周囲に知られていますから。エレンさんはあなたと親しいのと、あと、容姿が目立つので聖女が警戒しているらしく――もっともその彼女は、実はわたしの方に関心があるらしいのですが」

ユーシス様はしれっと言う。

あ、エレンの気持ち、わかってるのね、この人……。

「……性格悪くないですか？」

「今更ですね。そちらはわたしのプライベートです。心配しなくても彼女をいたずらに傷つけるようなことはしませんよ」

ユーシス様が悪びれずに言う。

シリル様が腕組みをして続けた。

「聖女一人なら、そこまで心配はしていない。この国にとってなくてはならぬ存在であるし多少のワガママも許容されているが、何もかも許されるわけではない一人の少女だ。だが、どうもこの間の手際の良さといい、彼女の背後でいいように彼女を操っている者がいるらしい……」

彼は、整った顔に憂いを浮かべて溜息《ためいき》をついた。

「周囲を振り回して不和を撒《ま》くだけで困ったものだったが、さらに何か企《たくら》むものが背後にいるとなると話は別だ。彼女の言うままにならないものは消されたり、再起不能に追い込まれたりする可能性がある」

う……ずいぶん、物騒《ぶっそう》な話になった。

シリル様は胸に手をあて、少し低い位置にあるわたしを見下ろした。

「だからユウカ。君にはすまないが、少し、縛られてはくれないだろうか」

「縛る……？」

彼は頷いた。

「俺付きの侍女としてずっと俺と行動してほしい。基本はいつものように掃除と……多少、身の回りのことを……例えば、着替え等を手伝ってもらえればいいのだが」

「エレンさんにも同じように理由を話して、わたしに付いてもらうようにしました。大変、喜んでくれましたよ」

ユーシス様はにっこり笑っていう。

そりゃ……エレンなら喜ぶでしょうけどっ！

「そういう配置にすると、シリルの意がどこにあるか知られてしまいますが、わたしとシリルがなるべく一緒に行動するようにすれば、多少、目くらましになるでしょう。彼にはちょっとエレンさんとの接触も多くするようにしてもらいます」

「ちょ、ちょっと待ってください」

わたしは慌てて言った。

要するにわたしとエレン、二人してシリル様とユーシス様付きになって、シリル様とユーシス様もなるべく行動を共にすると？

わたし達が危ない目に遭わないように気をつけるけど、シリル様の意がどちらにあるかわからないように……ってエレンを半分、囮《おとり》にするってこと？

「勿論、それは彼女にも了承してもらっていますよ」

ユーシス様がすかさず言った。

「それでも結局、シリル付きはあなたなのだから、半分ってこともないんじゃないでしょうか。少しだけエレンさんにも注意がいくって程度です。ま、わたしが傍にいるのだから絶対安全ですが」

うう、だから、何も言わないうちに顔色を読むのはやめてほしい。

「話が急すぎて……」

「無理もない」

シリル様は真面目な顔で頷いた。

「だが、すまないが急を要する。聖女と、彼女を利用しているものの正体と目的が明らかになるまで、万が一にも君たちを利用されるわけにはいかない」

「利用……ですか」

ユーシス様が静かに言った。

「あなたが、彼の弱点になるからですよ。聖女にとってはただの邪魔者ですが」

「弱点……」

シリル様の目を見ると、彼は悲しげに言った。

「元はといえば、俺が懸想《けそう》したのが原因だから申し訳なく思っている」

「それも謝っていただく必要はないです」

シリル様がわたしのことを、というのはまだ信じられないけれど、誰かを好きになることが、悪いことだなんてありえない。

それに聖女の暴走には、ちょっとだけ責任を感じてるし。

「……わかりました。しばらくの間、シリル様付きになります」

わたしは頷いた。

ちょっと厄介なことになりそうだなあ、と思いながら。

# 第二章

「シリル様、夜食を持ってきましたよ」
ユウカに声をかけられて、俺は書類を捲《めく》る手を止めて、伸びを一つした。
「もうそんな時間か……」
彼女はだいたい、いつも同じ時刻に夜食を持ってきてくれる。
ワゴンに、好物のおにぎりと味噌汁と漬物《つけもの》が乗っているのを見て、自然に頬が緩んだ。
まさか、一番の気に入りであるこれを作っていたのが彼女だったとは。
彼女に自分付きになってもらってから知ったことだが、とても驚いた。
これはやはり運命、ではないだろうか。
そう言って口説こうとしたら軽く笑って流された。
せつない。
俺は黙ってお茶を淹《い》れてくれる横顔を見る。
彼女は短く切り揃えた焦げ茶色の髪を、いつもよく手入れして綺麗に整えている。

彼女がうつむくたびに、それがさらりと音を立てるのも、控《ひか》えめで落ち着いた所作も、女性にしては少し低めで温かな声も、何もかも好ましかった。

ユウカ。

こちらの国に来てから付けられた姓で、ユウカ・アンダーソンと名乗っている彼女は、聖女とともに巻き込まれて召喚されてきた異世界人だ。

もっとも異世界召喚のシステム上、元の世界に返してやることはできないのだが。

正直、それを幸運だと思っている自分がいて、罪悪感に胸が痛む。

別に自分のことを完璧だとも善良だとも思っていないが、人の不幸に付け込むような人間ではなかったはずなのに。

「まあそれは仕方ないでしょう。恋愛なんて身勝手なものですから」

聖女の件で、不本意ながら前よりちょっと親しくなってしまったユーシスと酒席《しゅせき》を共にしたとき、彼はしれっとそう言った。

「その身勝手さの勢いで、あんなことになる前に告白の一つでもしていれば、ここまでこじれなかったんですけどねえ」

「言うな……」

あんなこととは言うまでもなく、パナメイアの毒の一件である。

どうしようもない事態に陥《おちい》って追い詰められた俺にユウカは手を差し伸べてくれた。俺はそれにすがった。

すがりつつも、身勝手な喜びがなかったとはいえない。

身を預けてくれるのだから、彼女の方にも少しは俺に対する好意はあるのだと。

落ち着いたら、ずっと好きだったと言おう。いや、もうこうなったらプロポーズするしかない。式を挙げるならいつがいいだろう。

そこまで考えていたのに。

ぽつぽつ語ると、ユーシスはグラスを傾けながら、眉を上げた。

「あなた、謙虚なようで、意外と自信家だったんですねえ」

それはそのとおりなので、がっくりと肩を落とす。

「今までこれと思った女性に断られたことはなかったんだ……」

「うわ。さすがにムカつく。その顔ですからね」

にこにこしながら口調に棘《とげ》を孕むという器用な真似をする男に、胡乱《うろん》げな目を向ける。

「ほっとけ。お前だって似たようなものだろう」

うぬぼれる気はさらさらないし何の役に立つのかも定かではないが、物心ついたときから周囲にさんざん言われていれば、己の顔が多少、一般に受けがいいのだろうと自覚はする。

しかしそれは隣にいる美女さながらの容貌の魔術師も同じはずだ。

ユーシスは肩をすくめた。

「わたしのような優男系《やさおとこ》は、一部の層には受けが悪いんですよ……」

そういうものだろうか。よくわからんが。

俺はグラスの中身を飲み干して遠い目をした。

「そもそも数えるほどしか、付き合った相手はいなかったしな……」

堅物《かたぶつ》だとか言われているのは知っているが、この年になって、恋人と呼べるような存在がまったくいなかったわけではない。

好ましいと思った女性はいたし、告白されて付き合った経験は何度かある。

仕事の多忙だの家の事情だので、なんとなく疎遠になるパターンが多く、あっさりしたものだったように思うが。

「ユウカにアプローチは何度もしていたんだが、あっさり躱《かわ》されてしまって二の足を踏んでいた」

「あーそれって、まったく通じていなかったんだと思いますよ。自己評価がかなり低いですね、彼女」

「身に染みて感じている……」

俺は彼女に会ったときのことを思い出した。

彼女は召喚されたとき、少し怯えているようだった。

不安げにあたりを見回し、自分で自分の体を抱きしめるようにして。

けれど、しばらくして彼女は落ち着いて状況を見定めようとした。

俺が惹《ひ》かれたのは、そういう聡明《そうめい》なところだから、それはいい。

だが彼女は周囲の者の言動からある程度のことを読み取ったと思うと、いきなり諦めたのだ。

俺はそれを彼女の表情から見てとって、ひどく驚いた。

突然、わけのわからないところに連れてこられ、放り出されて、説明をしてもらおうにも周囲は聖女に夢中で。

そういうあらゆることを、彼女は諦めた。

自分に注意を向けてもらうことも。説明を求めることも。そういう理不尽な状況におかれた運命そのものも。

彼女からすぐにこの場所から立ち去りたいと言うような素振りを見て取って、俺は驚いた。そんなバカな話があるかと思った。

君が何も諦める必要はない。

君がないがしろにされているのは周囲が悪いのだ。

声を上げて抗《あらが》ってくれていい。なんなら泣いて、なじってくれればいいのだ。

だから急いで彼女に近寄って声をかけた。

ユウカは少し安心したような顔をして……小さく笑った。

それは、今も時折、見せてくれる、はにかむような……少女のような微笑みで。

とても可愛いと思った。

そこですぐに恋に落ちた……とは言えないが、ひどく印象には残った。

いろいろ説明をして独り立ちできるよう手を尽くしたのちも、彼女は今、どうしているだろうかと気になる程度には。

だから彼女が王宮にメイドとして就職したと皆で挨拶《あいさつ》に来たときは、なんとなく嬉しかったし、機会があれば話したいと思っていた。

それからまた日が開いてしまったわけだが……あの頃の自分を殴りたい気分だ。

あのときはまだ恋の自覚がなかった。だから王宮に居るのだからいずれは……くらいの軽い気持ちだった。再び彼女に気付くまでは。

彼女のことを強く意識したのは、最近、自分の部屋が妙に心地がいいと気付いてからだった。

空気が澄んでいる気がする。

さぞかし掃除が行き届いているのだろう。

動かさないように頼んでいる机の書類の位置などは変わっていないが、積み上げられたそれらの角がそろっていたり、歪《ゆが》みが直ったりなどはしていた。

その他の書籍などは少しずつ使いやすいように配置が換わったり、揃《そろ》えられたりしている。

試しに動かされてもかまわないような書類を机でないところに置いてみると、まさに余裕があれば自分がやりたかったとおりに、順番に揃えられ、手の届く位置におかれていた。

しかし曜日によって行き届き方が違うので、一番、感心した日に掃除している者を聞いてみると、彼女だとわかった。

彼女でない者が担当のときも、彼女のやり方を見て倣《なら》うので、全体的にレベルが上がっているようだ。

周囲では彼女が異世界出身であるなどと意識されないほど、馴染んでいるのだという。

真面目によく働いて、他人に優しいというので、評判もよかった。

そう聞いたときに、一気にあの召還の際の心細そうな顔と、俺の言葉を聞いて見せてくれた笑顔が蘇《よみが》った。

どうして今まで、気に掛けなかったのだろうと悔やむほどには。

だから王宮で彼女らしい後ろ姿を見かけて、必死で追いかけた瞬間には既に恋に落ちていたのだろう。

名前をはっきりと覚えていなかったのは一生の不覚だが。

それから先は……転がり落ちるように。

「案外、あなたも不器用な人だったんですね……」

ぽつりぽつりと語る俺の話を、聞いているのか聞いていないかわからないような素振りでやっぱり聞いていたらしいユーシスは、そんな一言で締めくくった。

雑《ざつ》だな。別にこいつにアドバイスなど求めるつもりじゃなかったからかまわないが。

「普段から器用に立ち回っているつもりはない」

「あーはいはい。無意識に効率よく動いてうまくいくんですね」

「効率を考えるのは好きだ」

ユウカもちょっとそういうところがある。掃除でもなんでも始まる前に段取りを考えて、頭の中で組み立ててから行動する。

それがうまくいったのだろう。見事に仕事をやりおおせた後、満足気に微笑むことがある。

すごく可愛い。

その横顔を、そっと盗み見するのが好きだ。

もっと俺の横で、そんなふうに笑っていてほしいのに、今のところそれが適《かな》わない。

不可抗力の事故のようなこととはいえ、やることまでやってしまったのに、学生のような恋をしている。

少し面映《おもは》ゆくて、それも楽しいようで、けれど、もどかしい。

「まあ、聖女一派がどう出るかわかりませんし、近くに居てもらうしかないんですから、そこでゆっくり距離を詰めればいいんじゃないですか」

「言われなくても……お前の方はどうなんだ」

ユウカと親しい金髪のメイドを囮《おとり》代わりに自分の傍に侍《はべ》らせようと提案したのはこいつだった。

無論、囮ではあるのでそれなりに危険は伴う。

それ込みであっさり引き受けてくれた彼女もなかなかよい女性だが。

「……生憎《あいにく》、わたしはあなたほど拗《こじ》らせていないので、相談の必要を感じませんね」

魔術師は艶美に微笑みながら俺の問いをかわし、それからふっと真顔になって言う。

「それはそうとやっぱり聖女の方は、誘惑《チャーム》の魔術を行使しているようです」

「やはりそうか……」

俺は溜息をついた。

王太子も騎士団長も、普通ならあそこまで愚かではない。

たとえ恋敵であろうとも、公私混同して業務に支障《ししょう》をきたすなどしないし、惚《ほ》れ抜いた恋人であっても、度を超したワガママには対処ができるはずだ。

しかし両者とも聖女絡みとなると、変に判断が暴走する。側近《そっきん》の言うことにも耳を傾けない。

そのくせ聖女が露骨に二股……いや三股か四股か知らないが、明らかに自分以外にも粉をかけているのに、彼女を咎《とが》めようとしない。

恋敵に敵意を向けるばかりで、聖女を責めることなく、それどころか運命の伴侶を得たようなノリで彼女の望みを叶《かな》えようとする。

「誘惑《チャーム》の魔術の性質上、身体の関係を持ってしまったら、さらにがんじがらめでしょうね……こっちも自分やあなたがどうにかならないように防御するくらいはできますが、さすがに聖女の意向を完全にねじ曲げることはできません。せめて自分から疑問を持ってもらわなくては」

「そうだな……それに、今、聖女を失うわけにはいかない」

聖女は基本、死ぬまで代替わりしないのが普通だが、過去、トラブルからどうしても交替がなかったわけではない。

だがそれにしても、召還に必要な月が満ちるまで、最低、五年は必要とする。

もともと先代の聖女が衰《おとろ》えてから亡くなるまでに、だいぶ障壁《しょうへき》が緩んでいたので、国境のあたりは魔物が多い。彼女にはまだまだ働いてもらわねばならないのだ。

聖女、という呼称で、誤解されがちだが、聖女が別に人格者だとは限らないし、そうである必要はない。

一定の手順で選ばれた、決められた時と場所から界を渡った者、それにより膨大な魔力を得たものがそうである、というだけだ。

だからこそ、振り回されるわけだが……。

「ユウカさんの方が聖女だったら、ずいぶん楽だったんですが……」

「それはそうだ……いや、それはダメだ！」

元々、聖女は国にもたらす恩恵が莫大であることから、崇敬《すうけい》を集めやすい。

性格のよい彼女が聖女だったら、自分からトラブルを招くようなことはしなくても、崇拝者が群がって大変なことになるだろう。

彼女の良さは、俺一人がわかっていればいい。

そこまで言ったわけではないのだが、ユーシスにはお見通しなのか、声を立てて笑われた。

解《げ》せない。

§

「……どう思う？」

「どうもこうも……そういうことでしょ」

わたしとエレンは、メイド仲間の更衣室で顔を突き合わせて、頷きあった。

お手上げだ。

シリル様達から話があった後、エレンとは長い時間をかけて話し合った。

何しろ自分に迫る危機を少しでも分散させるために、エレンにも囮になってもらおうというのだから慎重にもなる。

けれど、エレンは屈託なく笑ってこう言った。

「もともとユウカのためなら、ちょっと危険でも引き受けるわよ。それがユーシス様の近くに仕えて守ってもらえるとか、私得《わたしとく》でしかないでしょ」

「私得……？」

聞き慣れない言葉に、ちょっと首を傾げると、腰に手をあててふんぞりかえられた。

「そこは適当に流すところ！　得しかないってこと」

その好意に甘えて、過ごしているのだけど。

こういうのは、想定外だった。

今朝方、出勤したら、わたしとエレンのふたりとも、ロッカーにしまってあったメイドの制服が、ずたずたに切り裂かれているのだ。

「あ、靴にも画鋲《がびょう》が入ってる……陰湿《いんしつ》」

「ここは昭和の時代ですか……」

それもかなり初期に流行《はや》った、バレエマンガとかではなかろうか。

いや、実際に読んだことないけど。なんかそういうお約束的に。

「ショウワ？」

「あ、いや、前の世界の話だけど、古くさいってこと」

「そうねえ……、ま、いい機会だからユーシス様に相談してこよっと」

新しいの支給してもらえるからラッキーよね、もしかしたらもうちょっと可愛いのにリニューアルしてもらえたりして。

エレンは、鼻歌を歌いながら、切り裂かれたメイド服を持って出ていったが、しばらくして少しがっかりしたように、肩を落として帰ってきた。

「ユーシス様、昨日から地方に出張だって。半月くらい。向こうもさすがにそれくらいは見越してやってるのねえ」

「え、大丈夫なの？　それって……」

エレンのことは、きっちり守るって言ってたのに！

「あ、それは大丈夫。危害を加えられるようなことがあったら、守護魔法が発動するって言われてるし、緊急時の連絡方法も教わっているから……ただこの手の嫌がらせくらいで使うのはちょっと、ねえ……」

「それはそうね……」

シリル様に相談するのも、ちょっとためらわれる。

わたしたちは、遅刻の届けをしてから、支給品の係に新しいものを貰《もら》えるように申請して、ひとまず臨時の備品をレンタルした。

「うう、ちょっと虫除《よ》けの臭いがする。あと微妙にださい……」

「ふふ」

エレンは怒られずに悪目立ちしない程度に、制服のスカートの丈とかを調整して着ているから、いつもの自分のではない服が微妙に着心地悪そうだ。

「ユウカもダメでしょ、常に可愛くしてなくちゃ」

自分の制服を安全ピンとかでささっと調整したあと、わたしの方もしてくれる。

姿見で見てみたが、ほんのちょっとのことで、ずいぶん垢《あか》抜けた感じになる。さすがエレン。

「うーん、でもこういうの厄介ね。シリル様やユーシス様の手を煩《わずら》わせるほどでもないっていうか」

エレンは腕組みした。

「そもそもシリル様たちが危惧してる、聖女側の仕業かどうかもわからないしね」

わたしが言う。

「え……、あ、そうか！」

不思議そうな顔をしたエレンは、今、気が付いたかというようにぽんと手を叩《たた》いた。

「聖女じゃなくても、わたしたち、やっかまれる立場なんだった！」

「それはそうでしょ……」

むしろエレンがそれに思い至らなかったのが不思議だ。

聖女じゃなくても、シリル様もユーシス様も、普通に王宮内の女性に、すっごく人気がある。

シリル様はああいう人だし、ユーシス様は若干、性格に問題あるとはいえ、外面《そとづら》は上品で優しげだ。下の者に偉そうにすることもない。

おまけに二人とも超美形だ。

「ユーシス様はむしろ、多少、親しい人にたいして、辛辣《しんらつ》だったり無茶《むちゃ》言ったりするみたいなのよねえ……」

わたしの見解を告げると、エレンは考えながらコメントした。

「わたしにはまだ、そういう面は見せてくれないから残念、というか。全然、親しくなれてないのだけど」

「そういうのは、それこそ身近に居なきゃわからないから、近くに居られるポジションってだけで、羨ましがられるでしょう？」

「あー……そっか。いやユウカの手助け？　的な立場になる前も、なるべく近寄って観察してたから、そこまで考えてなかったけど」

「そういうこともできない人っているのよ……」

エレンは美人だし、お洒落《しゃれ》だから、物怖じせずに話しかけたり近寄ったりできるのだ、と考える人もいるだろう。

そんなのは二次的なもので、多分にエレンの性格だと思うのだけど。人は自分の見たいものしか見ないものだ。

エレンは首を傾げた。

「ユウカ、詳しいのね、でもユウカ自身はそういうタイプじゃないように思うんだけど」

「まあ、わたしはそうだけど……」

誰かが好きな人に積極的に近付くのを見て、わたしにはあんなことはできない、と思ったとしたら、わたしはわたしの性格の方を悲観する。

わたしってダメだなあ……ってやつだ。

積極的に近付ける人のことを、羨《うらや》ましいというか、憧れることがあったとしても、その人を妬《ねた》んで嫌がらせしたりはしないと思う。

わたしが言葉を濁すと、エレンはきっと眉を上げて、わたしの腕を掴んだ。

「自分の感慨じゃない、ってことは、誰かにそういうこと言われたんじゃないの？」

う、鋭い……。

わたしは返答に窮《きゅう》した。

実のところはそうだった。

あの夜のことがある前から、ちょっとシリル様に話しかけられる機会が多くなったし、お部屋の掃除も専属になっていた。

女官の人達に囲まれて嫌味を言われたり、同僚のメイドに、すれ違うときに身体をぶつけられたり、匿名《とくめい》で汚い言葉を連ねられた手紙をもらうことはしょっちゅう……。

それとは別に正攻法で呼び出されて、真剣にシリル様に恋しているらしき女性に、涙ながらになじられたりはした。

どっちかというと後の方が堪《こた》えた。

『わたしはこんなに好きなのに、こんなに努力しているのに、あなたは当たり前のようにあの人の傍にいて、声をかけられて、ずるい』

『わたしみたいにあの人を好きじゃないなら替わって！　わたしとその場所を替わって！』

ああ、そういうふうに考える人もいるのね、的な……。

とはいっても、わたしとエレンがシリル様達の近くにいるのは、彼らの要請《ようせい》だし、でもそれは言えないし、どうしてあげることもできないのだけど……。

好き……好きってどういうことなんだろう。

今まで、ちょっと好きだな、って思う男性はいたし、今はシリル様のこと、その人達《ひとたち》くらいには好きかもしれない、と思う。

格好良いし、優しいし、素敵な人だ。

だけど、あんなふうになりふりかまわず他人をなじれるぐらいに好きかって言われると、他人に成り代わりたいくらい好きかって言われると、自信がない。

エレンに、じーっと睨《にら》まれて、仕方なく説明したら彼女は溜息をついた。

「ユウカ、そういうのはもっとちゃんと人に話さないと。今日みたいな、ささいな嫌がらせを今すぐ相談にいけないねっていうのとは違うでしょ」

「うーん、でも、こっちは完全に聖女の問題とは別だし……」

「別だとは思うけど、そう見せかけてユウカに害を為《な》そうとする人もいるかもしれないのよ。わからないわ。だいたい何それその主張。『こんなに好き』とか『こんなに努力してる』とか口ではなんとでも言えるじゃない」

エレンはぷりぷり怒っている。わたしは苦笑した。

彼女のこういうところがいいな、って思う。

率直、というか、真っ直ぐでてらいがない。

「努力努力って言うけど、その子は何をしたっていうの？　シリル様の気を引く努力？　ユウカだって彼のために、わざわざ残業しておにぎり作ったりしてたじゃない」

そういえばエレンには夜食作りのこと話してたんだった。

でもそれとこれとは違うと思う……。

「おにぎりは、たまたまわたしが作り方知っていたからだし、あとシリル様には、恩義を感じてたから……ね」

優しい青灰色の瞳。辛いことがあると、いつもあの色を思い出す。

それは惚れた腫れた的なのとは違う気がする、もっと大切な記憶。

「いくら恩義っていったって好きじゃなきゃそこまでしないでしょ。恋愛的な意味じゃないとしてもその人の役に立ちたいと思うなら好きってことよ。そもそもユウカ、シリル様に告白されたんじゃなかったっけ？」

「え。あれはまた別の問題だし……そもそも保留中で」

とても本当だとは思えない。

事故とはいえ、ああいうことをしちゃったせいで情動がおかしくなっていたと思うし。

わたしもなりゆきの責任を取って付き合ってもらうのは、微妙で嫌だ。

ノーカウントにしてもらえると嬉しいなって……。

「保留中でも！　好きな子が自分のせいで嫌な目に遭《あ》っているとか、知らないであとで気付く方が傷付くわよ」

「う……それは、黙っててもらえたら……」

「それはいいけど今、黙ってても、きっと続くわよ。服のことはユーシス様に話せるようになったら話すし、どのみち新しい制服の支給を申請したから、そのうちばれるわ」

「うん……、今度からは、ちゃんと相談するようにする」

「約束よ！」

エレンに厳しく睨《にら》み付けられて、わたしはしぶしぶ頷いた。

まあ……制服のことは、遅かれ早かれ、明らかになることではあるのだし。

その後、シリル様の部屋に出向くと、シリル様もユーシス様と同じく、二週間ほど地方に出勤とのことだった。

ユーシス様の側近だという近衛隊の副隊長のレナードという人が知らせに来てくれたのだ。

金褐色の髪に緑の瞳をした、明るい青年だ。

「何かあったら、ほんの些細《ささい》なことでも連絡をくれと言われていますので、なんでも言ってください。馬を走らせますので」

「はい……」

そんな大仰《おおぎょう》なことにはならないと思うのだけど。

ともかく意地を張って、かえってシリル様の迷惑になってはいけないので、レナードさんとか、近衛隊の人が交替で護衛をしてくれるというのは、甘んじて受け入れることにした。

§

数日は何事もなく過ぎて、休日のことだ。

わたしは、いつもどおり神殿で禊《みそぎ》を受けた後、これもいつもどおり召喚された直後にお世話になった施設に遊びにいった。

聖女以外でも何かのはずみで、異世界から迷い来た者が、保護され研修を受けることになっているここは、他にも異国の亡命者とか、あといろいろな事情で保護者を亡くしたとか、離れざるをえなくなった子どもたちの孤児院もかねている。

来たときから三か月くらい居て、子どもたちとも仲良しなので、余裕があるときはいつもよってているのだ。

「こんにちはー」

「あ、ユウカお姉ちゃん！」

「お姉ちゃん、お帰りー」

わたしが玄関先で声をかけると、遊んでいた子どもたちの何人かが、オモチャを放り出して駆けよってくる。

鬼ごっこしているらしい子たちとか何かに集中しているらしい子たちはそのまま。走りながら手を振ってくれる子もいる。

うーん、この緩《ゆる》さが好きだなー。

「今日は何か持ってきてくれたの？」

手にしているバスケットを覗き込んで、うきうきと訊《き》いてくる食いしん坊な子もいる。

「ちょっと珍しい焼き菓子よ。きっちり人数分だから、抜け駆けとかなしね」

「やったー。ママに言ってくるね」

「お願い。紅茶に合うって伝えて」

「はーい」

年長の十二歳くらいの女の子が、頼む前から承知して奥に走っていく。

〝ママ〟って呼ばれているのはここの施設長を務めている中年の女性だ。子ども達には〝ママ〟だけど、他の人からはマダム・ギースと呼ばれている。

わたしが何か持ってくると子ども達を集めて、いっしょに食べる時間を作ってくれるのだ。

来るとき余裕があれば、お菓子とか果物とか差し入れを持ってくるのは前からだけど、シリル様の夜食を作っているのが彼にも知れて公認になってから、わたしは大っぴらに厨房に出入りすることが増えた。

厨房の人達ともお話ができるようになったので、わたしの中途半端な料理の知識でも、話すことでアイディアをもらったり、昔、来た異世界人のレシピを見せてもらったりすることで復元できたりする。

おかげで、双方ともにレパートリーが増えて、ほくほくだ。

元の世界のお菓子で、あれ食べたいなーと思いつつレシピがあやふやだったものが、食べられるようになって嬉しい。

今回、作ったマカロンもどきとか。

〝卵白を泡立てて、砂糖となんか入れて焼いたものだと思うんですが……〟程度で、レシピ組み立てちゃう料理のプロすごい。

　元の世界のマカロンとはちょっと違うかもだけど、十分美味しいし。


「ユウカお姉ちゃん、これ美味しいね」

「美味しいし、可愛い〜。これ大好き」

　予想通り、カラフルなマカロンは女の子たちに受けた。男の子はぺろっと食べて物足りなそうにしてるけど別にクッキーも焼いてきたし。

　机を囲んでお茶とお菓子をいただきながら、子どもたちのあれこれ近況報告をにこにこ聞いていたけど、わたしはママ——マダム・ギースの様子がいつもと違っているのに気付いた。

　子どもたちの前だからか、いつものように穏やかな笑顔だけど、顔色がちょっとだけ悪いし、表情が硬い。

　わたしはお茶の時間を終えると、マダムに声をかけて彼女の部屋で少し話をすることにした。

「ユウカ……ありがとう」

　わたしが、大丈夫ですかと労《いたわ》りの言葉をかけると、マダムは少し疲れた顔で、ちょっと笑った。

　こんなに気弱な彼女は、本当に珍しい。

　白に近い淡い色の金髪に水色の目をしたマダムは、ちょっとふくよかだけど、往年の美しさは十分に想像できる、優しそうな人だ。

わたしも来たとき、親身に相談にのってもらったので感謝している。

元はどこかの貴族の未亡人だという話だけど、息子さんが結婚して立派に跡を継いだので、家のことは息子夫婦に任せてここの経営に着手したのだとか。

ここは国の施設なんだけど、元はそんなに恵まれた環境じゃなかったのを、マダムが資産を投入して居心地よくしたらしい。

お子さんが一人しかできなかったので、もっと沢山の子どもを育てたかったのだって。

その述懐《じゅっかい》からわかるとおり、主に孤児院としての施設を重要視してあるのだけど、迷ってきた異世界人に対しても居心地よくできるよう配慮されている。

異世界人、異国人の保護については、シリル様がきっちりシステム作ってくれたのだけど、やっぱり現場に居ないとわからないこともあるもんね……。

「実はね……ここを退去しなければならないかもしれないの」

マダムは執務をするデスクに付き、わたしは傍らにある椅子に腰掛けていた。苦悩しているらしい彼女の表情に、わたしは息を呑む。

「どういうこと、ですか……」

マダムが手を入れているとはいえ、ここは国の施設のはずだ。

子どもたちが十分な教育を受け、健《すこ》やかに育ち就職していくので、その後の進路の調査でも良い結果を出していることが多く、マダムのやり方は広く認められていると聞いていた。

「ここの近くに大規模な遊興《ゆうきょう》施設ができて地価が上がるからって、賃料の値上げを迫られたの。そもそも持ち主が変わってしまったみたいで、払えないなら立ち退けって。ちょうど国の援助も削られてしまって……。今、国境で厄災が多くて予算不足だからといって」

マダムは額を押さえてかぶりを振った。

「国も今、大変なところだから、十歳を超えた子どもは職人の徒弟に出したり、女の子はメイド見習いにしたりして出所させてしまえ。異世界人なんて滅多に来ないんだからそのための用意など不要だ……とか言うのよ。現にあなたがここに居るのに！」

「ひどい……」

わたしは憤慨《ふんがい》した。

十歳を過ぎた子ども達を住み込みで働かせるのは、ありはありかもしれない。でもそれはちゃんとした保護者の庇護や帰る家があってのことだ。

保護者も帰る家もない子どもが、もしよくない人に雇われたりしたら、どういうことになるのか、想像に難くない。

厄災が多くて国が大変だと言うなら、どうして大規模な遊興施設なんてものができるのだ。

王宮でも相変わらず聖女は贅沢三昧《ぜいたくざんまい》で、夜会なんかも多く、必要なものを削るほど国庫が逼迫《ひっぱく》しているとは思えない。

すぐにシリル様のことが頭を掠《かす》めたが、そんな国費とか立ち退きとか、ややこしい事情が絡んだこと、今、遠くにいる彼に相談するのはためらわれた。

国の援助はどうにかなっても、大規模遊興施設の建設による地価の値上がりとか……直接シリル様がどうにかできる問題じゃないし。困らせてしまうかもしれない。

戻ってきて、ゆっくりなら話せるかもしれないけど……。

わたしは考えを巡《めぐ》らせた。

「国には陳情しましょう。わたしも少し時間がかかりますが、宰相のシリル様に話を通せるかもしれません。でもさしあたっては家賃を払って立ち退きは回避しないと……期限はいつで、いくら足りないんですか？」

マダムが告げた額は思ったより多くて、顔が引きつりそうになったけど、わたしは一件だけあてがあった。そう言うと、マダムもやや明るい顔になって言う。

「ありがとう。わたしも貴族時代の友人に話してみるわ。息子にもあまり負担はかけたくないけれど……あの子たちのためだものね」

「そのとおりです！」

わたしはマダムの手を取って頷いた。

それからわたしは忙しくなった。もちろん、メイドの仕事はきっちりやる。シリル様が不在で夜食を作らなくてよくなったけど、レナードさんとか近衛隊の人がシリル様の命で護衛につくので、施設の子どもたちの分のついでにお菓子を作って上げたりしていた。自然、言葉を交わすようにもなるので、そっと相談してみる。

「わたし、しばらく仕事の後に神殿に通わなくてはならなくなったんですが付いてきてもらえます？　危険はないと思うので一人でも大丈夫だと思うのですけど……帰りも遅くなりますし」

前も街に買い物行くときにそう言ったのだけど、結局、付いて来られたので訊いてみる。付いて来るといっても、ちょっと離れたところで目立たないようにしてくれているので、それほど気にはならない。上の命令で、そういうときも付いて行くように言われてたら、彼らにはどうにもできないだろうし。

時間外労働になりそうで申し訳ないなあと思うけど、こちらもせっぱつまっているので、なりふりかまっていられない。

護衛の人は、少し驚いたようだけど頷いてくれた。

「もちろんお供します。遅くなるようなら誰かと交替するかもしれませんが、基本、絶対に一人は付いているように言われていますので、こうした先に相談してもらえると、計画が立てられて助かります」

十八歳くらいだろうか、そばかすで赤毛の、まだ少年っぽい面影《おもかげ》のある彼に、にこっと笑って言われると、なんでもホウレンソウ――報告・連絡・相談は基本だなーと思ってしまう。ちょっと一人で突っ走りがちなのを反省した。

彼はなんとなく話しやすそうなので、ついでに気になったことも訊いてしまう。

「あのね……答えられないならそれでいいので正直に言ってね、シリル様、わたしのことをどう言って護衛とか頼まれてるの？」

青年は一瞬、きょとんとしたかと思うと、満面の笑みを湛《たた》えて答えてくれた。

「シリル様の大事な女性だが、それがさる筋に知られシリル様の弱みだと思われ狙われる可能性がある。傷一つ付けたくないのでくれぐれも目を離さずに護衛をするようにと！　言われております」

大事な女性……。

こちらで訊いたくせにと言われそうだけど、あんまりにもストレートな言われ方にわたしは赤くなってしまった。

シリル様は、まだ気が変わらないんだろうか。

自分の中に、棚上げしていたことに気持ちが行ってしまって、わたしは少し気持ちが沈む。

シリル様が嘘を言っているとは思わない。真面目で誠実な人だから、彼があああいうからには、本当にわたしのことを好きだと、シリル様自身は思っているのだろう。

こちらのシリル様への気持ちはおいても、普通ならあんなに素敵な人に思われて大事にされる……とか、嬉しく思ってもいいはずなのに、どうにも落ち着かない。

詐欺に遭っている気がするのよね。わたしではなくシリル様が。

たぶん、わたしに対して好意を持ってくれているのは間違いないと思う。

けれどあんな何もかもが優れた人がわたしを好きだ、なんて。

やっぱり異世界から来たのをちょっと同情してくれていたところに、あんなことになってしまって、流されたというか、錯覚してしまったというか、なんじゃないかしら。

まあそれでもシリル様の弱みになっている、弱みを突かれたら大変って言われたら護衛は断れないんだけど。

彼がわたしのことを好きだ、と思い込んでいる限りは。

ああ、やめやめ、考えていても仕方ない。

シリル様がわたしを本当に好きでも、やっぱり錯覚でも、わたしは彼をそういう意味では好きじゃない。そのはずだ。

だから答えは変わりようがないのだ……。


結局、昼に来てくれた赤毛の彼と神殿まで行った。ここで三時間くらい居るというと、じゃあ入口に居て、途中で交替していると思います、と言われて安心する。

わたしは神殿に行って、前、ちょっと手伝いを打診されたお仕事がまだ有効かどうかを尋ねた。

たぶんそうだと思っていたけど、諸手《もろて》をあげて歓迎される。

異世界を渡ってきたものは、大なり小なり浄化の力を持つ。

圧倒的なのは聖女であって、それは覆《くつがえ》らない。

私の力は、ここの神官さん達とかみたいにこの世界の人間でもたまに持っている程度の、ささやかなものなのだけど、浄化は浄化だし、まあ誰でも持っているものではない。

そしてそんなに莫大じゃない孤児たちの施設の経費を削るほどかどうかかっているのは怪しいけど、国境あたりにまだ瘴気《しょうき》が多く、大変なのは嘘じゃなさそう。

と、いうわけで、手伝ってもらえないかと打診されていたのは、国境に魔物退治にいく人達が携帯する、浄化の魔法薬の作成だった。

神殿の人の話によると、わたしの浄化の力はそのまま人にかけるより、薬とか料理に込めて使った方が効き目が高いのだという。だからうってつけだ、と……。

魔物退治をしているとどうしても瘴気に冒《おか》されて、放置すると体調を崩したり、十分な力量が振るえなかったりして最悪、死に至ることがある。心理に影響して暴力的な言動を繰り返したあげく、後から悲観して自殺してしまった人もいるとか。

そんなわけで浄化薬は重要だ。

ただ、魔力の総量はそんなに多くないわたしは、力を使うとひどく疲れてしまうので、普段はどうしてもという以外には、声をかけられてもお断りしていた。

でも、今はそんなこと言っていられない。

使える人が少なくて、しかも重労働だということはそれだけ稀少《きしよう》でお値段はいいということ。

国境の警備は国のためなので、国が買い上げてくれる。

つまるところお手伝いのお給金も高い。

将来的に国の補助や、シリル様に直訴するにしても、いったん、立ち退きが決まってしまったら、諸々《もろもろ》の準備や何やで疲弊するし、元に戻ることは難しい。

というより、子どもたちが泣いてしまう。

だから、当面の目標は、不当に値上がりした家賃を支払って、現状を維持すること。

それにはともかく現金が必要だ。


教えられた手順で、小さな小瓶に入った薬液に力をこめると、ポウッと淡い光が差して、ピンク色だった液体が、澄んだ青色に変わる。

成功した、かな。

うまく注ぎ込めたのは、なんとなくわかるし、色でもわかる。さらに最後には神殿のチェックも入るから、とりあえず安心して作っていけばいいよね。

いいんだけど……。一本作っただけで、ごっそり気力というかエネルギー的なものが抜けていくのがわかる。

百メートルを全速力で走ったときくらいの疲労感。

ううん、でもだからこそ、お金が稼げるのだから、頑張らなくっちゃ。

わたしは神殿の人が傍らに用意してくれた水を飲んで、一息ついてから次の瓶を取り上げる。

そんなことが夜まで続いた。


浄化の能力を保つためには禊《みそぎ》が必要ってことで、最後にはまた冷たい神殿の泉に入らされた。

ううう……寒い。

疲れきったわたしは、でも家でも少しできるだろうってことで、元になる薬液を何本かカバンに入れて神殿を出る。

護衛の人はいるかな、ってきょろきょろすると、来るときも送ってくれた赤毛君がぴょこんと飛び出してきた。

「あれ？　交替するんじゃなかったの？　えーと……」

「あ、俺、カールと言います」

わたしが名前を呼びたがったのに気付いたのか、赤毛君はまたくしゃっと顔をほころばせて笑った。カール君ね。

「交替して、兵舎に戻ってメシ食って風呂してきました。だのに交替したヤツが戻ってこないからまた来たんです。本当に帰りが遅くなるんですね」

「あーごめんね。ちょっと馴《な》れないことをやってきたから時間かかっちゃって。明日はここまで遅くはならないと思うって言っておいてもらえたら……」

「わかりました……でも、ユウカ様もお疲れみたいですよ。無理しているのでは」

「様とかはかしこまるので、さん付けにしてください。うん……でも、時には無理が必要なときってあるじゃない？」

今がそのときだと思う。

頭の中に不安そうなマダムや、子ども達の笑顔が過《よぎ》るから。

一応、メイドの仕事には支障が出ないよう、加減はしている……はず。

「それはちょっとわかりますが……」

カール君は、顔を曇らせた。

「けれど、身体を壊してしまったら元も子もないですよ。シリル様も悲しみます」

「それは気をつけてるつもりだけど……」

シリル様、か……。

出張に行ってから、まだそこまで日が経《た》っていないはずなのに、ずいぶん顔を合わせていない気がする。

彼が居てくれたら、な……。

完全に頼ることはできなくても、話をするだけで気が楽になるのに。

優しい青灰色の瞳を思い出して、わたしはちょっと胸に痛みを覚えた。

ああダメダメ。

何度も言ってるじゃない。あんな凄い人がわたしを好きなんて気の迷いなんだから。

彼がわたしの傍にいてくれるのは一時的なこと。聖女が自分の邪魔をした人間の追及を諦めるまでの、ほんの少しの間だけ、だから。

頭の中であっても、そんなふうに彼に頼ることを覚えたら駄目になってしまう。

わたしは弱気になる自分を抑え付けた。

カール君と帰路をたどりながら、ぽつりぽつりと話をする。

「カールく……さんは、どうして近衛隊に入ったの？　まだ若くない？」

何気なく聞くと、彼は嬉しそうに笑う。

「ユウカさま……ユウカさんは、マダム・ギースの施設に居たんですよね、実は俺もあそこの出身なんです。六つのとき、両親が流行病《はやりやまい》で死んじまって」

「え……？」

こんな身近に接点のある人がいたとは意外だった。でも彼の顔は見たことがない。

わたしの疑問がわかったのか、カール君はぱたぱたと手を振った。

「あ、違います。わかりやすいようにマダム・ギースって言いましたけど、俺が居たのはあの人が来る前で……。男は十歳になったらどっか職人に弟子入りするか軍隊に入れって言われていたんですよね」

「あ……」

わたしは驚いた。マダム・ギースが憂慮《ゆうりょ》していたことだ。やはり資金が不足していたらそうするしかないのか……。

「俺は手先とか器用な方じゃないし、軍に入って、最初は下働きやってたんです。そしたら当時、団長だったシリル様が見咎《みとが》めて事情を聞いてくれて、身よりがなくとも、やる気があるなら士官学校くらいは出た方がいいって国に掛け合ってくださって……」

カール君は嬉しそうに言った。

「奨学金が取れたらってことで一生懸命、勉強しました。シリル様も頑張れって参考になる書物をくれて、軍の人達も何人か手伝ってくれて、なんとか学校に行って卒業できたんです。シリル様は自由な道を選べって言われたけど俺はあの人の傍に居たくて」

カール君は眩しそうに目を細めた。

「幸い学校の成績はよく……あと貧乏だけど元々の血筋だけはまあまあだったんで、跡継ぎのいない男爵家の養子になれました。おかげでシリル様の後を追って近衛隊にいます」

「そうだったの」

さらりと言っているけど、それはそれは凄い努力を重ねてきたのだろう。

感心していると、カール君は勢いこんで言った。

「そういうわけなんで、シリル様の大事な人の護衛ができるのは嬉しいです。それにだいぶ様変わりはしたけど同じ施設に居たとか、なんだか親近感を感じてしまって。あ、ちょっと図々しいですね」

照れ臭そうに笑うカール君にわたしはかぶりを振った。

「ううん、そんなことないわ。嬉しい……」

シリル様をこんなに真っ直ぐに慕う人に、そんなふうに言われるのはちょっと嬉しい。

カール君はちょっと真剣な顔をした。

「だから、決して無理はしないでくださいね」

釘を刺されてしまった。

うん、それは重々承知していたのだけど……。


結果的にやっぱりキャパオーバーだったらしい。

家で浄化薬を作って、王宮に行って普通に働き、神殿で薬を収めて、少しそこで薬を作り、またいくつか持ち帰って……。

そんな生活を一週間も続けただろうか。

なんとか、今月分の施設の家賃分を貯めて、マダムに届けた途端、緊張の糸が切れたらしい。

わたしは王宮で労働中、ふっと意識が遠くなって倒れてしまった。

§

「まったく、君という人は……」

目が覚めたときには、ふかふかのベッドで……シリル様が、麗しい顔を切なそうに歪めて、わたしを見ていた。

相変わらず綺麗だけれど、ちょっと髪がいつもより乱れてパサパサしている。お疲れなのかな。

梳《す》いてあげたいな、とぼうっと思って、やっと頭がはっきりしてきた。

「え……あ？　お帰りだったんですか？」

まだ二週間には数日足りない気がするけど？

いや、そもそもなんでベッドに寝てるのわたし！

「そのままでいい！」

わたしが慌てて起き上がろうとすると、ちょっと怖い顔で押《お》し留《とど》められる。

「自分が今、どういう状態かわかっているか？」

「え……察するところ、王宮で倒れちゃったんですね、確か廊下にモップをかけていたときのような？」

シリル様の部屋の前の廊下だ。いつもそれほど汚れていないので比較的楽な仕事だった。だから少し気が抜けていたのだけど、目の前がよく見えなくなってきて、なんか意識が途切れてしまったっぽい。

「そのとおりだ。立っていたのが、急に崩《くず》れるようにうずくまったとかで、護衛の者が慌てて連絡してきた」

シリル様がちょっと厳しい顔になって言う。

「医者にも見せた後だ。過労と睡眠不足だそうだな」

「それはどうも……ご迷惑をおかけしたようで、申し訳ありません」

わたしは小さくなって言った、そしてちらりとシリル様を見る。

「シリル様は、もしかして予定より早く……？」

彼は当然だというように頷いた。

「緊急な用事は終わっていたからな。ちょっと強引だが、他のものに後は任せて切り上げてきた」

「そんな……わたしなんかのために……」

思わず言いかけたら、唇のすれすれにシリル様が指を突き出してきた。

え、なに？　言うなってことかな……。

「なんか、という言葉はよくないな。俺がそうしたいと思ったから帰っただけだ。君とは直接関係ない」

わたしのことなのに？

よくわからないなりに首を縦に振ると、シリル様は満足そうに頷いた。

「ああ、とりあえず説教は後にして、空腹じゃないか？　それとも何か飲むか？」

「すみません、お水をいただけたら……」

誰かに持ってきてもらうのかと思ったら、シリル様がさっと立って、用意してあった水差しからグラスに注いで渡してくれた。

「慌てずゆっくり上体だけ起こせるか？　そう……」

言われるがまま、ゆっくり起きると、また手早くシリル様が枕を重ねて背凭《せもた》れを作ってくれた。

「なんだか手慣れていますね」

ちょっと意外に思って言うと、シリル様は心外そうに眉を上げた。

「軍で負傷者がいて、戦況が落ち着いていたら指導者だろうが雑用《ざつよう》くらいする。猫の手も借りたい状況でふんぞりかえっていられるか」

「……そういう人もいるとは思いますけど」

シリル様はそうしないだろうな、というのは簡単に想像できた。

偉い人が何でも自分でやってしまうと、わたし達みたいなメイドとかの使用人は仕事がなくなってしまう。シリル様もそのへんはわかっていて普段は手出ししない。

けれど必要だったら、手が足りなかったら、この人は率先《そっせん》して動こうとするんだろう。

「さて、気分は大丈夫か」

「はい……今、何時頃ですか？　あとここって……」

「夕食前だ。そこは俺の執務室のベッド。もう少し休むといい」

や、やっぱりここ、そうよね。あのときも一度、寝たことがあったもの。

わたしは狼狽《うろた》えた。

あのときはまあ……シリル様のことだったし、気にしてられる余裕もなかったし。

「そ、そういうわけには……あとシリル様のベッドでのうのうと寝ているとかちょっと堪えられないっていうか」

「これは上司としての要請だと思ってほしい。君は休まなければならない」

シリル様はぴしりと言った。わたしはうっと言葉に詰まる。

「わかりました……」

シリル様は頷いた。

「さて、それでは君がこんな無茶なことをした理由を聞こうか？」

わたしが観念して、ぽつりぽつりとこれまでの経緯を話すと、シリル様は、じっと聞いていた。

すべて話し終えると、呼び鈴を鳴らして、現れた護衛の騎士に最近の福祉関係の予算の記録を該当部署に揃えさせて持ってこいと言いつける。

そしてわたしの方を見て言った。

「何かあったらすぐに連絡するように言わなかったか？」

「それはその……出張されていましたし、そこまで急を要することではないと……」

シリル様が戻ってきたら相談するつもりはあったのだ。

そう控えめに抗議すると、シリル様はちょっと息をついた。

「ひとまず俺に言う気があったのはいいとしよう。だが、急を要するかどうか判断するのは俺でありユーシスだな。恐らくエレン嬢も制服の件で絞られているはずだ」

施設の危機とか、倒れたことだけじゃなくそっちも⁉

さすがに制服の件は、女性グループの中の嫌がらせの域は出ないと思うんだけど。

「で、でも……。お忙しいのに」

シリル様は、わたしが膝に置いていた手に手を重ねた。

少しだけ瞳の色が優しくなる。

「こちらに余裕がなくて、本当に君の持ち込んだことが些細なことであれば後回しにもしよう。

俺のところには陳情がいつも山のように来ていて重要なこともつまらないこともある。君の手紙が一通きたところで手間は変わらない……いや、違うな」

きっぱり言い切った後で、シリル様は少し顔をしかめた。

しばらく逡巡《しゅんじゅん》したように口ごもると少しだけ目を逸《そ》らす。

困ったような照れたような顔が、ちょっと可愛い。

疲れているからか、なんか自分の思考がゆるゆるだ。

シリル様は考え込むようにゆっくりと言った。

「それもごまかしだな。俺が君の手紙がほしいんだ。それこそ困ったこととかでなくても、日常のこととか、夕食の献立とかでもいい。君のことを少しでも教えてもらえたら嬉しい」

えっと……それって……。

なんだかわたしもちょっと照れ臭くなってしまった。

「そんな……つまらないですよ」

「それを決めるのも君じゃない」

シリル様はきっぱり言って、また慌てたように咳払いをした。

「話が逸れたようだ。だから関係があることでもないことでもいい、君の手紙なら嬉しいから遠慮しないでほしいと言いたかった。だが今回のことはそれをおいても俺が早急に知るべきことだ」

「そう……なんですか？」

「ああ」

シリル様は真剣な顔になって頷く。

「元々の動機は聖女の、君たちに対するささやかな嫌がらせかもしれない。けれどそれだけでは済まなくなっている。〝聖女がこう望むから〟という理由で、彼女が政《まつりごと》に口を出すように誘導しているものがいる。小さなことでも見過ごすべきではない」

シリル様は怒ったように言った。

「マダム・ギースの施設始めとした福祉に関する費用削減についてもその可能性が高い。俺とユーシスが長期視察に行かされたことも……だ」

わたしは息を呑んだ。

「そんなことが？」

「ああ。間違いない。あとでユーシスと国王陛下と……聖女に毒されていない者と対策を話し合うつもりだ。早急に対応しなくてはいけない。だが……」

シリル様は、考え込むようにわたしを見た。

「マダム・ギースの方も急いで手を打たなければいけないようだな」

わたしは頷いた。

「後から支援が受けられるとしても……戻らないものがあります」

施設の立ち退きが決まれば、建物は壊されて土地開発が進むだろう。

子供たちの思い出の詰まった場所、築き上げた人間関係、すべて滅茶滅茶になる。

後から支援が受けられるとしても元には戻せない。

「俺の家……ロンズデール公爵家から補助することもできるが？」

「それは……最後の手段にしたいです」

わたしはうつむいた。

どうしようもなかったら、そうするしかないのかもしれない。けれど、ここでシリル様にそんなふうに頼ってしまったら、今までのように彼の顔を見られない気がした。

もちろんギリギリになったら、そんなことは言っていられないけど。

それにシリル様の口ぶりから問題が起こっているのは施設だけではなさそうだ。だったらお金はとっておくに越したことがない。

何が起こるかわからないから……。

「今回は、ちょっと焦って無茶をしすぎました。今月分の支払いはなんとかなったんです。だから今度はもっと計画的に……」

わたしが言うと、シリル様はうーんと、ちょっと腕組みをして考えた。

そこへ食事の用意ができたと連絡が入る。

「あ、わたしはもう帰りますし、そこまでお世話になるわけには……」

言いかけたとたん、おなかが、くうと鳴ってしまった。

「え、あの……」

わたしは思わずおなかを押さえた。うう、恥ずかしい。

シリル様はくすりと笑う。

「ユウカのために消化のよいものを用意すると厨房の者が張り切ったいたから、ムダにせずに食べてやるといい」

「はい……」

ベッドから起き出すのも止められて、わたしは結局そのままベッドで、シリル様は横に座って食事を摂ることになった。

わたしにはハムだの卵だのいろいろ入ったミルクリゾット。

シリル様は、ハンバーガー？　とは違うかもだけど、大きめの丸いパンに野菜や肉がいっぱい入ったものを食べている。

おにぎりといい、基本、片手で持って書類とか読めるものが好きなのね……シリル様こそちょっと仕事のしすぎで心配なんだけど。

とはいえそのハンバーガーもどきは結構大きくて、シリル様は両手で掴んで食べていた。

わたしが休み休み食べながら、綺麗な所作でわりと豪快に食べるシリル様を見ていると彼が不思議そうに言う。

「ユウカもこちらの方がよかったか？　食べられそうなら持ってこさせるが……」

「い、いえ、そういうわけでは！　ゆっくりいただきますが、今はこれが限界です」

わたしは顔の前で手を振った。

実際問題、お腹は空いていたけど、そんなに沢山は食べられそうにない。

「そういうわけじゃなくて……シリル様って、けっこう沢山、召し上がりますよね」

夜食でも大きなおにぎり三個は食べるし、それで三食と三時のおやつも普通に摂《と》っているみたいだ。

シリル様は口元にパンくずをつけたまま、ちょっと考えているようだった。

「騎士も政務も体力勝負のようなものだからな……よく食べる男は嫌いか？」

「いいえ！　そんなことは……」

わたしは口ごもったが、ちょっと心配そうな彼の顔につい付け加えた。

「どちらかというと、ですが……好ましいと思います」

それはごまかしじゃなくて、事実だった。

食べ方が綺麗で、それでいて量を沢山、美味しそうに食べる人は好きだ。

うう、ちょっとやばいかも。

シリル様の美貌とか地位とかは、凄いなーとは思っても他人事でいられたのに。

変なところで、ときめきポイントを押さえられてしまった気分だ。

わたしは速い鼓動を打つ胸を押さえてうつむく。頬が熱い。

ううん、たぶん、それだけじゃない。

シリル様がハンバーガーもどきを食べ出す前から、目覚めて、彼の顔を見てからなんだかおかしかったんだ。彼が不在で心細かったせいだとは思うんだけど……。

頼っちゃダメなのに。

「そうか……好ましいか」

ああ、もう、だからそんなことで嬉しそうに笑わないでってば。

わたしの気も知らずに、シリル様は爽《さわ》やかに言う。

「俺もユウカと食べるといつもより美味《うま》い気がする。是非、元気になったら普通の食事も一緒にしてほしい」

「え、ええと……」

「ダメか？」

今、ベッド占拠してて、こちらも悪いかなあと思ってる状況でそれはずるいでしょう！

「あ、機会があったら……」

「わかった。約束だ」

また嬉しそうに微笑まれる。

わたしはちょっと追い詰められた気分になっていた。

ど、どうしよう。シリル様ってこう言ったら、絶対決行するよね。

動揺を隠すように、もぞもぞとリゾットを口にしていたら、ノックの音がして、護衛の人が先ほどの資料を持ってきた。シリル様は、パラパラと捲って目を通しながら顔をしかめる。

「ユウカ、すまん。これはすぐに解決するには無理そうだ……」

きょとんとするわたしに、シリル様は丁寧に説明してくれた。

この国は王政ではあるが、独裁を防ぐために議会の権限もわりと強い。

議会の構成メンバーは主に王族や上位貴族だけど、力のある大商人など、平民にも議席があるし、聖女や神殿も独特の発言力を持つ。

普段ならそれが相互監視みたいになって、暴走しないように上手《うま》く働くのだけれど、今、聖女が誘惑《チャーム》の魔力を使って数多くの議員を言うなりにしているので、議会自体が変な決定を連発している上、国王陛下やシリル様が止められないでいる。

今回の福祉に対する予算の削減も、シリル様、ユーシス様の留守の隙をついて根回しがされていて、議会で最速で決定されたとのこと。

それを覆すには、最短でも来月の議会を待たなければならない。

「聖女が絡まなければ、まともな判断ができる者も多いし、彼女と会わせないようにして、個別に話をすればなんとかなるのだが……」

「すぐには無理、ということですね」

そのへんは想定内だったから、問題はない。

「あとは資金だが……俺の家から補助を受けるのがイヤということなら、一つ提案がある」

シリル様が少し面白そうな顔をして言うので、わたしは目を瞬いた。

§

「本当に、ここまでしなければいけないんですか……」

「何事にも体裁は必要だ。我慢してくれ」

シリル様は、いつもの軍服とは違う、白いロングコートにクラヴァットを付けた、文官《ぶんかん》風な格好をしていた。

聞くと普段は略式で許されているが宰相としての正式な格好はこれだとのこと。

「今日は外国からの客人もいるからな……窮屈《きゅうくつ》だが仕方ない」

「……よくお似合いです」

軍服だときりっとしてるけど、今日のはなんというか……優美？　もともと顔立ちはすごく美しいから、なんか神々しい。

わたしが褒めるというより口からぽろっと零《こぼ》した本音に、彼は少し照れ臭そうに笑った。

「ありがとう……ユウカも綺麗だ」

「……ありがとうございます」

体裁は必要、体裁は必要……。わたしは口の中で唱えてなんとか堪える。

連れてこられたのは、王宮の中心にある大広間だった。

月に二回くらいの夜、ここで王家主催の舞踏会が開かれるのだ。

シリル様が提案してきたのは、これに出て有力貴族に資金援助を募ることだった。

「マダム・ギースの活動は知っている者も多いし、ちょうどいいだろう」

そうシリル様に言われて、うっかり頷いてしまったのだけど……。

わたしは、ここ一週間ばかりの騒ぎを、げんなりと思い返した。


わたしがシリル様の提案を受け入れると、彼はすぐさまいろいろなところに連絡を入れて、わたしを彼の馬車に乗せた。

連れていかれたのは……なんと彼の御屋敷だ。ロンズデール公爵家。

あっちの世界のベルサイユ宮殿？　規模は小さいけど、そんなものを思わせる広大な庭園と豪奢《ごうしゃ》な建物で、シリル様のお母様だという美しい夫人に玄関先で出迎えられ、わたしは仰天した。

「あなたがユウカさんね。息子からお噂はかねがね……ふふふ」

シリル様はおかあさん似なんだなあ……シリル様の方がずっと精悍《せいかん》だし、お母様の目の色はもっと濃い青だけど、全体的にはそっくり。輝くようなプラチナブロンド。

シリル様のお母様ということは、四十歳はとうに超えていると思うのだけど、とてもそうは見えない。三十そこそこで通りそう。

わたしはドキドキしながら頭を下げた。

「初めまして……公爵夫人？」

「夫は生きてるけど、爵位は息子が継いだから、元……になるわね。気軽にカミーユと呼んでちょうだい」

シリル様のお父様は元々、旅好きの人で、公爵である間は我慢したけど、爵位を息子に譲ってからは悠々自適にあちこち回っているそう。お母様との夫婦仲は悪くないけれど、ずっと出ずっぱりにはついていけないので、夫婦そろっての外遊は一年の三分の二くらいだとか。

それでも十分、仲良しだと思うけど。

ともかく今はお母様だ。綺麗で優しそうでいいなあ……。

「では、カミーユ様、でいいでしょうか」

わたしが言うと、彼女はゆったり微笑んだ。

「若い子と呼び捨てにしあうというのも憧れるのだけど、すぐにはさすがに敷居が高いかしら。お義母《かあ》様って呼んでくれてもいいのよ」

「え……？」

「母上！　それは早いです」

シリル様が、焦《あせ》ったように言った。

「あら、まだ振られたままなの？」

早いって……まだって……そもそんな予定はありませんけれども！

わたしは、ちょっと顔をひきつらせながら首を振った。

カミーユ様は拡げた扇で口元を隠しながら、わたしに顔を近付けて囁いてくる。

「あらユウカさん、うちの息子はお嫌い？　あれで顔はそれなりだと思うのだけど」

「いえ、その……。身分違いですし」

「それは別にかまわなくない？　なんならわたしの実家に名目だけ養子縁組しても……」

「だから！　振られてますから！　そういう段階ではないんです」

シリル様がやけくそのように怒鳴った。

カミーユ様が眉を下げる。

「あらあ……不甲斐ない」

そういう問題ではないと思うのだけど。

ロンズデール公爵家といったら王族の血を汲《く》む名門で、シリル様は国王の右腕と言われるような有能な宰相で、近衛隊の隊長で……こんなノリでいいのかしら。

シリル様はきっぱり言った。

「不甲斐なくていいですから、今は時間がありません」

「それはそうね」

カミーユ様の顔が、瞬時に引き締まった。

わたしの姿を優しく、けれどじっくりと上から下まで検分する。

「疲労で倒れたばかりというし、今日のところは、リラックスかしら」


その後、あれよあれよという間にカミーユ様付の侍女さん達に服を引っぺがされて、いい匂いのするお風呂に入れられ、エスティティックサロンかというようなマッサージを受けた。

その夜はゆっくり休まされ、翌日からはカミーユ様がつきっきりになってくれて夜会のマナーのお勉強とドレスの採寸。

その翌日は専用の教師の人が来てくれて、一日、ダンスの練習だった。

ひととおりのステップを教わると、またマナー。

お風呂とサロンも毎日続けられる。

「平民が資金援助を願いにくるだけだ、何も完璧にする必要はない。形さえ様になっていれば」

そうは言われるものの、何しろゼロからだから、大変だった。

あれよあれよという間に今日になって。

正装のシリル様のパートナーになるべく、わたしは公爵家の侍女さんたちの手で、ドレスアップというよりは、変装といってもいいくらいに手を加えられていた。

こちらの世界にあるとは知っていたけど、自分が身に付けるとはまったく思っていなかったコルセットなるものをぎゅうぎゅう締められたおかげで、ウエストは見事にくびれている。

その当社比からするとかなり細い胴から裾にかけて、ふんわりと広がった淡いピンクのドレス。

フリルとレースが繊細で、幾らするか考えると目眩《めまい》がしそう。

胸元は大きく開き、首には品のよいネックレスが巻かれている。

突貫で、既製品をアレンジしてもらったセミオーダーのドレスはシリル様が手配くださった。

アクセサリーはカミーユ様のもの。

髪は付け毛を足して長くされたあと、綺麗に結い上げられ、お化粧もいつもより濃い。

鏡を見たとき、もはや詐欺のレベルだと思った。

一応、美人に見える。

「……あの、このもろもろの代金、分割払いでいいですか？」

「俺のパートナーを務めてもらうのだから、必要経費でいいだろう」

「そんなわけには！」

「ああ、いい、その話は後で。時間に遅れる」

とりつくしまもないシリル様に、エスコートされて馬車に乗って。

ついにここまで来た、というわけだ。

入口で案内の人が高らかにシリル様とわたしの名を告げ、わたしはごくりと息を呑む。

王宮で働いているとはいえ、その中心の最も煌《きら》びやかなホールに来たことなどない。

ましてや夜会のまっただ中。

豪奢なシャンデリアには魔法で明々と灯《あか》りがともり、奥の方ではオーケストラが音楽を流している。いわゆる生演奏だ。

男性はクラヴァットを結び、装飾の多い上着の貴族服。

女性はレースやフリルをふんだんに使った色とりどりのドレスに、キラキラするアクセサリー。

白いふわふわした羽扇を持っている姿も多く見た。

燕尾服のボーイや、いつもより高級なお仕着せのメイドが、ワインやシャンパンなどのグラスの入った盆を掲げてすいすいと人の間を通っていく。

その沢山の人達のほとんどが、シリル様の名前を耳にしたとたん一斉にこちらを見た。

さらに傍らのわたしを見て、ざわざわとするのがわかる。

お化粧とドレスでかなり盛っているとはいえ、かなり場違い……だよね。

しかもシリル様と、なんて。

うつむきそうになると、わたしの手を取っているシリル様が静かに言った。

「こういうときは前を見て堂々としていなければ、誰も話を聞いてくれないぞ。なんのためにここに来たか忘れてはいけない」

わたしは、はっとした。

あまりにも自分の日常とかけ離れた世界だから、委縮《いしゅく》して自分のことばかりになっていた。

でも違う。あの子たちのためにここまで来たのだから。

わたしが場違いで恥を掻こうが、笑われようがかまわないじゃない。

一人でも多くの人に話を聞いてもらえれば、それでいい。

背筋に力を入れて、きっと前を向くと、シリル様が満足そうに微笑んだ。

優しい人。だけど、やるべきときにやらなければいけないことはわかっている人。

この際、ここは頼っちゃってもいい……よね。

割り切ってシリル様の手にすがるようにして、広間の中を進んでいく。

「シリル、こういう場では久しぶりだな。近くに」

朗々と響く声が、ホールの奥の方から聞こえた。

それに従い、人並みがささっと両側に寄って道を空ける。

奥に作られた、少し高い段の上の椅子に座っている人……。

たじろぐわたしに気付かぬふうに、シリル様は平然とした顔でわたしを連れてその人のすぐ近くに寄り、礼をとった。

「陛下……ごきげんうるわしゅう」

うっ……陛下って、陛下よね……。

わたしもおっかなびっくりで、ドレスをちょっと摘んで、付け焼き刃の礼をする。

五十近いくらいかな。少し色の薄くなった金髪に青い目、お髭《ひげ》を蓄えた恰幅《かっぷく》のよい男性。

町に飾られている肖像とか新聞などでよく目にはしている、この国の国王様だ。

巻き込まれ召還されたときに王太子様の顔は間近で見たのだけど、こうしてみると親子って感じだった。

国王様は、優しそうな顔に微笑みを浮かべて目を細めた。

「難攻《なんこう》不落の宰相殿が、珍しく母上以外の女性を連れているというので皆が騒いでおるぞ、そのレディはどなたかな」

「特にそういう仲ではないのですが……異世界の女性です。聖女と一緒に召還されてきた」

シリル様に促されて、わたしは慌てて名乗った。

「ユウカ・アンダーソンと申します。普段は王宮でメイドをしております」

「メイドというより今は、主に俺の侍女をしてくれているのですが、今宵《こよい》は貴族の皆様に広く援助を募りたいというので連れて参りました」

シリル様が付け加える。

「ほう、異世界から来た者か。して援助とは……？」

国王様の目がキラリと光った。わたしはシリル様に口添えしてもらいながら、マダム・ギースの施設に陥《おちい》った苦境について事細かに話した。

「ああ、マダム・ギースのことならよく知っておるぞ見上げた女人《にょにん》だ」

国王様は髭を撫《な》でながら鷹揚《おうよう》に仰《おっしゃ》ったけど、シリル様の説明が進むにつれ眉を寄せ始めた。

ちょっと困っているように見える。

議会の決定は国王様でも容易には覆《くつがえ》せない。そして最近、連発されているという困った決定を主導しているのは、聖女に傾倒している王太子様だという。

国王様もそのへん心得ているのかな？　話を聞き終えて低く唸る。

「そんなことになっとるのか……」

シリル様が取りなすように言った。

「陛下、その問題自体をすぐに解決する必要はありません。打てる手は打っております。今宵はただ、この女性が貴族の皆様に援助をお願いするのを認めていただければ」

「ああ、うん、それはそうじゃな。わしも私的財産から少し出させてもらおう」

国王様は傍に立っている、お付きらしい人に耳打ちした。

彼は心得たように何か書き留《とど》める。

「お集まりの皆様も、孤児の問題に興味がある方々は、話を聞いてあげるとよい」

国王様がそう言うと、シリル様はお辞儀をして、御前から退《しりぞ》いた。

国王様から離れると、遠巻きに見ていた貴族の方がわっと集まってきた。

「ユウカ。あとは黙っていていい。よくやった。」

シリル様は、わたしを後ろに庇《かば》うようにしながらそう言う。

ちょっととまどっていると、周りの人達が口々に話し始めた。

「ロンズデール公爵、結局、そちらの女性とはどういう関係ですの？」

「聖女といっしょに召還されたとか、それではその方もなにか力をお持ちで？」

「シリル様が宮中行事の時でもないのに舞踏会にいらっしゃるなんて、その方のためですか？」

口々に、答えにくい質問が雨あられと浴びせかけられる。

う……シリル様が庇ってくれたわけがよくわかった。

わたしじゃとても対応できない。

「いえ、特にそのような関係はありません。強いていえば雇用主と侍女ですが、彼女がしている活動が有用なことだと思うので皆様に聞いてもらうため連れてきたのですよ。この国の将来に関わることですので」

シリル様は滑《なめ》らかな口調で周囲の興奮を治めると、身よりのない子供達に十分な衣食住や愛情を与え、教育を受けさせる有用性と異世界召還者に対する援助の必要性を説き始めた。

貴族の皆さんは孤児の問題より、シリル様とわたしのことを詮索したそうだったけど、だんだんとその巧みな話術に載せられ、同調し始めた。

シリル様はふと思い出したように言う。

「ああ、そうそう、俺の部下の一人もマダム・ギースの施設出身でした。おい、カールを呼んでこい」

シリル様はホールの壁沿いに立って警護をしている近衛兵の一人に声をかける。

彼は走って出ていくとすぐに、以前わたしの護衛をしてくれた赤毛の青年――カール君を連れてきた。

もしかしてこのときのために用意していたのかな？　カール君、あのときより髪形とかきっちりして服もパリッとしている。彼はわたしに小さく黙礼したかと思うと、シリル様の横に立って、はきはきと皆の質問に答え始めた。

あれ、カール君はマダム・ギースの施設で世話をしたわけじゃなくて、シリル様が援助したんじゃなかったっけ？

わたしが首を傾げると、シリル様がわたしに黙っているように目配せする。

ああ、そうか。確かに目の前にいる将来有望な青年っていうのはいい広告塔にはなるもんね。

わたしがぽけっと見ていると、カール君はなにやら大きな籠《かご》みたいなものを取り出して、皆の元を回り始めた。

貴婦人がイヤリングを外して入れたり、男性が何かコインを入れたりしている。

え、援助ってそういう形なの……？

わたしが目を見張っていたら、後で二人きりになったときにシリル様が解説してくれた。

援助するといっても後になったら忘れてしまう人もいるし、周りの人に対する見栄で言っている人も多い。そこまで悪く取らなくても普通にタイミングを逃す人もいる。

その場でその気になっているときに少額でも集めてしまう方がいい。それをやっても、後でまとまった額を出してくれる人は出してくれるからって。

実際、そのとき集まったものだけでもけっこうな額になった。

そんなふうに援助を募る場のまず一回目は終わって。

ちょっと落ち着いたときに、入口の方で、わっという歓声が起こった。

そちらに目をやると、一段と目立つ二人組みが入ってくるところだった。

上品でありつつインパクトのあるワインレッドのドレスに、艶《つや》やかな黒髪。首元には豪奢なダイヤモンドの首飾りがまばゆく光を放っているけど、それにも負けていないたおやかな美貌。

そんなとびきりの美少女と、並び立つに相応《ふさわ》しい王子様然とした金髪の美青年。

聖女と王太子殿下だ。

わたしは久しぶりに見る彼女のあでやかさに、ちょっとドッキリした。

恋人が、それも複数いるからかな……最初に会ったときの白雪姫みたいな清楚な雰囲気とは変わって、どこかの女王様みたい。いや綺麗なんだけど！

聖女は王太子様に手を取られたまま、気取った様子で辺りを見回した。

周囲が自分達に注目しているのを見て満足気に微笑む。

それを合図のようにして、会場内の音楽が変わった。

これは……ワルツ？

当然のように、王太子が聖女に向かって手を差し伸べ、踊り始める。

聖女は引き取られた公爵家で淑女教育も受けているのか、ダンスも上手だ。何より落ち着いている。

華やかで、きらめくようなカップルはとても目立った。

ほうっ……と周囲の人が溜息をつくのが気配でわかる。

聖女は得意げだ。

楽しそうだなー。それで満足してくれたらいいんだけど。

あ、でも逆ハーを作らないとまだ気が済まないのか……。

わたしが先行きを思ってちょっと憂鬱《ゆううつ》な気分になっていると、また入口の方で、どよめきが起こった。

さっきのものよりも大きい。

今度は誰かな……と目を向けると、なんとユーシス様とエレンだった。

彼らが入ってきたとたん、今までで一番大きな歓声が沸き起きる。

ユーシス様は、いつもの魔術師のローブを脱いで、シリル様のと趣《おもむき》は違うけれども、似た系統の文官服を着ていた。

そういえば彼も侯爵位を持ってるんだったたっけ？

優美な美貌が今日はちょっときりっとして見える。

なにより目立つのは、エレンだ。

恐らく自分でデザインしたのだろう、大胆に胸元が開いた紫色のドレス。

マーメードラインっていうのかな、身体の線が綺麗に出て裾が大きく広がっている。

エレンはスタイルもいいからすごい迫力。

特に真っ白で豊かな胸元が……。

アクセサリーは大ぶりのピアスと、結い上げた髪に光る髪飾りだけなんだけど、シンプルなのがセンスの良さを際立たせて、凄く似合っていた。

聖女が大人っぽくなったのには驚いたけど、ちょっと格が違う感じ。

彼らが入っていくと、わっと人が集まっていく。

ちらりと聖女の方を見たけど、踊りながらとても悔しそうな顔でエレンを見ていた。

だ、大丈夫かな。癪《しゃく》に障るからエレンを害そうとか……ないよね？

わたしがはらはらしていると、シリル様は落ち着いた声で言った。

「ユーシスは今までこういう席についぞ来たことがないからな……それも派手な美女連れだと目立つだろう。公務でちょくちょく顔を出す俺や王太子とはわけが違う」

わたしは驚いて、シリル様を見上げた。

「それ……もしかしてわたしのために?」

シリル様は頷いた。

「資金援助を募るために前に出るのは仕方ないが、どうしても目立ってしまうからな、エレン嬢と一緒に相談した」

「だ、大丈夫なんですか。あんなに目立って……」

今も聖女がじっとエレンを目で追ってるし。

シリル様は平然としている。

「ユーシスが守るといったら必ず守るさ、心配はいらない」

周囲の人との挨拶が済んだのか、ユーシス様とエレンも、手を取り合って踊り始めた。

エレンも、こういう場には慣れていないはずなのだけど、すごくスムーズ。

彼女のことだから、有名デザイナーになった後のことまで考えて練習していたのかもしれない。

ああ見えてすごく努力家だもの……。

シリル様も感心したようにそちらを見ながら呟く。

「後から俺もエレン嬢と、踊ってもらわないとな」

「あんまり相手を煽《あお》らないでくださいね……」

独りごちるシリル様の上着を引っ張るようにして言うと、シリル様はおやおやというふうにわたしを見た。

「それがヤキモチなら嬉しいのだが……」

なんだか口の中で言われたのでよく聞こえずに聞き返す。

「え？　何がですか？」

「いい、聞いた俺がバカだった」

シリル様は少し残念そうだったが、すぐに頼もしい口調で言う。

「そんなに心配しなくてもエレン嬢の安全は保証する。だが、ここまでするのは君のためだということは覚えていてくれ。俺も、彼女も……」

シリル様は、真意を読ませないような不思議な色の目でわたしを見た。

「………」

わたしは言葉に詰まった。

そんなにしてもらっても……わたしには返せるものなんか何もないのに。

でもシリル様もエレンも、そんなことあてにしてないって笑うのだろう。

シリル様は、とまどうわたしを見てちょっと唇をほころばせ、少し芝居がかった仕草で手を差し出した。

「よい隠《かく》れ蓑《みの》はできたが、完全に隅で引っ込んでいるわけにもいかない。一曲、お相手願えますか？」

白い手袋に包まれた、シリル様の形のよい、けれど大きな手。

ゴクリと息を呑む。

けれど、ここは拒むわけにはいかない。シリル様に恥を掻かせてしまうし、そもそも打ち合わせどおりだ。

興味を持ってもらうには、まずは目立つこと。

そう言われてここ数日、付け焼き刃だけど練習してきたのだ。

目立ち過ぎるのもいけない、というか、聖女にあまり目をつけられないように、ってエレン達が居てくれるのではある。

匙《さじ》加減が難しい……けど、ずっと隠れていてはいけないのは確かだ。

「喜んで」

わたしは緊張した面持ちで、シリル様の手に手を載せる。

彼がふっと微笑んだ。

流れるようなエスコートで中央に連れ出され、踊りはじめる。

派手さを競《きそ》っているように踊る聖女と王太子様や、エレン達ほどではないけれど、何人かに注視されているのはわかった。

みんなシリル様を見ているのだ。わたしはただのおまけ。

でも羨《うらや》むような、珍しがるような視線がわたしの方にも向けられている。

ちょっと緊張で足が震えた。

シリル様の足はぎりぎり踏まずに済んだけど、ステップを何度か間違えて、つんのめりそうになる。

シリル様がすかさず支えてくれたので、なんとか立て直した。

一曲、速いテンポのヴェニーズワルツが終わって、またゆっくりしたワルツになった。

踊りながら、わたしを抱き寄せるようにしたシリル様が、そっとわたしの耳元に囁いた。

「ユウカ。よそに気を逸らすな。今は俺だけを見ておいで」

「シリル様……」

おずおずと顔をあげると、優しい顔でわたしを見つめる彼の顔が見える。

「難しいことはしなくていい。俺に付いてくればいい」

綺麗……。

もうわかりきったことなんだけど、見る度に感動せずにはいられない。

なんて綺麗な人なんだろう。

これは顔立ちが奇跡のように整っているからってだけではないと思う。

内側から光り輝くように自信に溢れ、かつ人への思いやりを忘れない人だ。だからこんなに人を惹きつける。

「はい……」

この人を信頼していれば、大丈夫。

そう思ったとたん、ふっと肩の力が抜けた。そうすると自然に足が動く。

シリル様が導いてくれるままに、操《あやつ》られるように、流れるようにステップが踏める。

「ああ、いいな。上手だ」

「ありがとうございます」

褒められて耳元が熱くなる。嬉しい。

シリル様には、よく褒める言葉はもらうのだけど、なんだか、今夜は妙に嬉しい。

きっと、舞踏会の雰囲気のせいだ。

それほど乙女チックな趣味はないつもりだったけど、ドレスを着て素敵な男性と舞踏会でダンスとか、だいたいの女の子が幼少期に見る夢だもの。

わたしだって、たしか小さい頃は、幼稚園や小学校で、シンデレラとか、そういう絵本をわくわくして読んでいた。

いつからか現実でいっぱいいっぱいになって、そういう夢はなくしてしまったけれど。

まったく夢見なかったわけではない、と思う。

だから、なんだか地に足がついていない感じになるのはそのせい。

そう思うことにした。

ふわふわした気分でダンスが終わり、また集まってきた人達にシリル様が孤児達への援助のお話をして、彼はエレンをダンスに誘いに行ってしまった。

　ここにじっとしているように言われたテーブルに添えられた椅子に座っていると、シリル様の代わりのようにユーシス様がやってくる。

　実際、代わりなのかもしれない。

　シリル様、わたしが害されないようにって凄く気を遣ってくれているから。

「お疲れさまでした」

　わたしの向かいに座ったユーシス様に御礼の意味を込めて声をかけると、彼は少し不思議そうな顔をして訊いてくる。

「ああ……シリルが言ったの？」

「はい。ユーシス様はこういう類の催《もよお》しについぞ出席しないと」

「それはそうなんだけど、実はそうでもないっていうかね」

　ユーシス様は苦笑した。

「え……？」

「宮廷魔術師のユーシスとしてはそのとおりだけど、お忍びやら仮面舞踏会にはそれなりに。王宮は娯楽が少ないですからねえ……たまに刺激が欲しくなるんで」

　悪びれずに言って片目をつぶるユーシス様に、わたしはちょっと呆《あき》れた。

「……もしかして、エレンと来るのも初めてじゃなかったりします？」

「よくわかりましたね！　ついでにそこで知り合ったノリのよいサクラ達も雇い入れました。わたしたちが来たときの騒ぎ、すごかったでしょう？」

しれっと言われて、わたしは頭が痛くなった。

ユーシス様が出席する物珍しさにエレンの美しさがあったとはいえ、聖女と王太子をそっちのけなどよめきとか、確かにちょっと出来すぎだった。

サクラがそれなりの数いて、わざと盛り上げていたなら納得だ。

「聖女が凄い目で睨んでました……」

「でしょうねえ、それを狙ってましたから」

ユーシス様は平気な顔で言いながら、近くに居た従者を呼んで、ワインをグラスで持ってこさせた。

自分が一つとって、一つ、わたしにと差し出す。

お酒、あんまり強くないんだけどな。

ちょっと躊躇《ちゆうちよ》したけど、受け入れられるのが当然のように差し出されたそれを、突き返すわけにもいかず、お礼を言って受け取る。

「エレンに危険はないんでしょうね」

流れで小さくワイングラスを合わせて、形だけ口をつけたわたしはユーシス様に問いかけた。

甘い。

これ、フルーティで飲みやすい……けど、飲み過ぎないように注意しなくちゃ。

ユーシス様は、くいっと二口ほどでグラスを空けて、さらにお代わりを頼みながら、意味ありげな流し目を寄越す。

「そうですねえ……先日、あなたとエレンさんがやったように、おかしなことを報告せず、自分達の間で解決しよう、とかしない限り大丈夫です」

う……。それを言われると弱い。

あのときは本当に、些末なことで煩《わずら》わせたら悪いと思ったのだけど。

言い返せないけど不満そうな顔をしていたらしい。

わたしを見て、ユーシス様はため息をついた。

「シリルも言ったと思いますが、それが本当に些末なことで、こちらの手が離せないならスルーします。あなたたちの間で判断せずに教えてください、ということです。たとえそれが夕食の献立が、みたいな日常の報告でも、あなたたちの便りを煩わしく思うことなんてないんですから」

「……ユーシス様、結局、エレンのこと、どう思ってるんですか？」

わたしは思わず聞いてしまった。

だって、今の言い方って……。

ユーシス様はちょっと素っ気なく言う。

「それをあなたに教える必要はありませんね。傷つけないと言ったでしょう。人のことよりそちらはどうなんですか？　シリルと」

「どうもなにもないですけど……」

さっき、シリル様と踊っていたときの、ふわふわした心地が一瞬だけよぎったけど、否定した。

だってあれは舞踏会マジックだもの。

自分の中に乙女心っぽいものがちょびっとでも残っていたことには驚いたけど、それ以上のことはない。

「本当に？」

ユーシス様の紫の目は時に何もかも見透かしているようで心臓に悪い。

「本当です」

わたしは、できるだけ顔に出ないようにして頷いた。

ユーシス様は肩をすくめた。

「ま、いいでしょう。それはシリルの仕事ですからね。さあワインをもう少しどうですか。今年のルループ地方の葡萄《ぶどう》の出来はなかなかいいようですね。デキャンタで持ってこさせましょうか。」

「い、いいえ、わたしはもう結構です。できればお水を……」

信じられない。

けっこう、お酒好きだったのね、この人。

§

「一体、お前は何をやっているんだ！」

少し尖《とが》った声が聞こえた。

珍しい……シリル様の怒った声。

熱くてぼんやりしてしまった頭で、そちらを見るとシリル様が心配そうにわたしを見ていた。

「あれ……わたし？」

「ああユウカ、大丈夫か。水を飲むといい」

そういってシリル様が水の入ったグラスを渡してくる。

ありがたく受け取ってこくりと飲むと、少しだけ頭がはっきりしてきた。

「わたし、もしかして寝ちゃって……？」

飲めない、もういいと何度も辞退したにもかかわらず、ユーシス様にぐいぐい勧《すす》められるうちに、ワインを過ごしてしまったらしい。

礼儀程度に口をつけただけでそんなに飲んだつもりはなかったのだけど……。

気がつくと、かなり身体が熱くなって頭がぼうっとしていた。

よく考えるとアルコールを摂取するのは、召還されてから初めてだ。どうも向こうよりこちらのお酒はアルコール度数が高いらしい。

「寝たというより気絶に近いですね。なに、そんなに長い時間じゃありませんよ」

ユーシス様は悪びれずに、にこにこしている。いつの間にかエレンもテーブルについていて、ちょっと心配そうにわたしを見ていた。

その隣《となり》にはシリル様……恥ずかしい。

「ああ、この一角《いっかく》に認識疎外の術をかけておきましたから、他の招待客には気にされてませんよ、安心してください。我々が集まると目立ちますからね」

それはありがたいんだけど、それ以前に。

「それ以前に、お前が飲ませすぎなければ済んだことだろう！」

心の声を、ぴったりシリル様が代弁してくれました。

でもユーシス様は全く悪びれた様子がない。

「こんな水みたいなもので酔ってしまうとは思わず、失礼しました」

「だからザルというよりワクなお前を基準に考えるな！」

「す、すみません、シリル様、ちょっと声を抑えていただけると……」

ユーシス様には、わたしも思うところはあるのだけど、今は大きい音がちょっと堪《こた》える。

「あ、すまない……大丈夫か」

シリル様が、気遣わしげにわたしの顔を覗き込む。

「大丈夫……ですが」

ちょっと辛い。

シリル様はあたりを見回した。

「そろそろ夜会も終盤だ。今日はこれくらいでさがらせてもらおう」

「すみません……」

「我々は適当に、もうちょっと目立ってから帰るのでおかまいなく」

ユーシス様は、ひらひらと手を振った。エレンも小さく手を振ってくれる。

あー、もうちょっとエレンと話したかったんだけどな。また後日でいいか。

わたしはシリル様に支えられるようにして会場を出て、客人に用意されている休憩のための一室に入った。

ソファに腰掛けさせられ、また水を注いだグラスを渡される。

今夜は迷惑のかけっぱなしだ。わたしはうつむいた。

「ごめんなさい。こんな……」

シリル様は眉を上げた。

「何がだ？　君は立派に振る舞った。一回で十分かはわからないが、それなりに資金も集まると思うよ」

「ありがとうございます。でも……」

何から何までシリル様にお世話になって……最後にこんな迷惑をかけて……。

「この程度、迷惑というほどのことはない。だいたい悪いのはユーシスだろう」

彼は怒ったように言った。

「それを言うなら、俺は多大な迷惑を以前、君にかけたはずだ。謝るなと言われたから謝らないが」

「あ……」

正直、すっかり忘れていた。

迷惑とも思ってはいないけれど、そのときのことを思い出してしまって身体に熱が灯《とも》る。

信じられない。わたし、この人と……しちゃったんだ。

あのときは必死で、でもそんな感慨はなかったはずなのに。

今は……。

「ユウカ？」

不思議そうに首を傾げるシリル様に、わたしは気持ちをごまかすようにして渡された水に口をつけた。

さっきは甘露《かんろ》みたいに思えたのに、今はあんまり味がしない。

一口でどうでもよくなって、サイドテーブルにグラスを置く。

頭が痛いのは収まってきたけれど、身体が火照ってしまって熱い。

きゅうきゅうに締められたコルセットもよくない気がする。

「服を緩めるといいんだが……メイドを呼ぼうか？」

シリル様はちょっと困ったように言う。

あのとき彼は近衛隊の女性を呼んでくれたのだった。同僚であるメイドを呼ぶと、わたしの立場が悪くなるんじゃないかって心配して。

わたしは手を振った。

「服を緩めるくらいは、自分でできます……大丈夫です」

宮中のメイドを呼んだら、あとで騒ぎになりかねないのは今も同じだ。

シリル様にエスコートされて舞踏会に出た時点で一緒かもしれないけれど、なるべく目立たないに越したことはない。

でも、それより……。

わたしはこくりと息を呑んで、目の前の美しい人を見た。

とても地位の高い人なのに、目配りが行き届いて、かつ気を遣ってくれて。

そういうところをすごいと思うと同時に、自分だけが特別だなんてとても思えなかった。

今も思えない。だけど……。

「着替えるなら俺は席を外すべきか」

今にも立ちあがりそうなシリル様の服の袖をわたしは掴んだ。

うつむいて、早口で言う。

「あ、あの、自分でできますけど、背中の紐《ひも》だけ解くの、手伝ってもらえないでしょうか」

慌てて掠《かす》れそうになる声を、必死で抑えた。

シリル様を好きで、わたしをずるい、と責めてきた同僚の顔が瞼《まぶた》の裏に浮かぶ。

そう。わたしはずるい。ずるいと言われても仕方ない立場だ。

聖女と一緒に召還されたから、存在を覚えてもらえて。

媚薬を飲まされたシリル様と同じ部屋にいたから、彼を助けるという名目で肌を合わせて。

でも……ずるくてもいい。

少しでも彼の近くにいられるなら、それを利用したかった。

わたしの必死の訴えに、シリル様はとまどったように頷いた。

「あ、ああ……かまわないが……」

シリル様が了承してくれたので、わたしは彼に背中を向ける。

実際、いくつものリボンやら紐を複雑に組んだ背中のあたりは、一人でもできるかもしれないけど、時間がかかるだろう。

シリル様にも、ちょっと難しいらしい。悩みながら少しずつ、解いていってくれる。

ドレスが緩んでくると同時に、身体から力が抜けていく気がする。

「ユウカ？　髪のあれこれもとった方がよくないか？」

少し慣れてきたのか、解く速度が速くなってきたシリル様が言った。

「あ、はい、できればお願いします」

解くのより手早く、髪にいくつも挿《さ》さったピンが抜けていく。

付け毛を使ってアップにされた髪がだんだん崩れてきて、パサリと背中に落ちた。

頭も身体もだいぶ楽になって、わたしは息をつく。

「あ……」

「シリル様？」

呻《うめ》くような声がして、わたしは不思議に思って後ろのシリル様に呼びかけた。

「す、すまない、解きすぎたようだ」

焦ったような声がするのと、ドレスの肩がずるりと落ちるのとほぼ同時だった。

上身頃の部分が落ちてしまってコルセットが露《あら》わになってしまっている。

でも、涼しい空気が素肌に触れて、気持ちがよかった。

それに……漠然とだけど、こうなったらいいと思っていた。

ここまできて、ようやく自分の中の気持ちを自覚する。

わたしは、首を捻って、後ろのシリル様を見た。

「いいんです。それより、コルセットの紐もほどいてもらえませんか？　とてもきつくて……」

「だが……」

シリル様は、青灰色の目を見張った。

「これ、とても苦しいんです。お願いします」

じっと彼の目を見つめる。

酔いは残っているけれど、自分が何を言っているかはわかっていた。

シリル様の喉がゴクリと動くのがわかった。

「ああ……いいだろう」

ゆっくりと彼が近付き、コルセットの紐を解き始める。

ぎゅうっと締め付けられていたそれが、一本、解かれただけで、一気に身体が楽になるのがわかった。

「ユウカ……酔っているんだろう？」

律儀に手を動かしながら、まだとまどうような声でシリル様がいう。

いつもはきはきとした彼には珍しい迷うような声に、ふふっと笑いが洩《も》れた。

「そうですね。酔っています。でも前後不覚になっているとかではなくて、理性が少し緩んでいるというか解放感に浸っている程度です。気分がよくて、それにとても熱くて……」

ずるり、とさっきのドレスみたいにコルセットが身体から離れて落ちていくのがわかった。

胸が露わになるのもかまわず、わたしは振り向いてシリル様に抱きつく。

「熱くて、だから……」

シリル様が、静めてくれませんか？

少し掠れた声で、彼の耳元で囁く。

あのときも、誘惑ってこんなんだっけと思いながらしたものだけど、今回も一生懸命だ。

でもあのときとは違う。

あのときは徹頭徹尾《てっとうてつび》、シリル様のためだった。彼の誇りを損ないたくなかった。

けれど今は……。自分のために誘っている。

シリル様の気持ちを確かめたくて。

一度、抱いてしまった責任とかじゃなくて、本当にわたしのことを好きでいてくれるのか。

わたしのためだからここまでするという言葉は嘘じゃないのか。

ううん、そんな難しいことはどうでもいい。

ただ……媚薬がなくても、わたしを欲しいと思ってほしかった。

一度きりのことでも良いから……。

これが酔いの熱に浮かされた思考であっても、今、彼の手が欲しいのは嘘じゃない。

「君は……本当に、度しがたいな！」

シリル様は唸るように言った。

怒らせてしまった？

びくりとして後ずさろうとしたわたしの背に彼の手が力強く回され、引き寄せられた。

「さっきから、俺がどれだけ我慢していると思っている」

熱い息が唇にかかったかと思うと、ぴったりと塞《ふさ》がれていた。

「ん……」

背に回った手が探るように腰まで下りてきて、ぎゅっと抱きしめられる。

喘《あえ》ぐように唇を薄く開くと待っていたように舌を差し込まれた。

口腔内を思うまま探られ、蹂躙《じゅうりん》される。

シリル様の息は、深い森のような、静かで爽《さわ》やかな香りがした。

「あっ……ぅ……」

息苦しくて苦しいのに止めてほしくなかった。

逃げていく舌に、思わずついていきそうになって唇から舌が少し出る。シリル様の唇とわたしの唇の間に、銀の糸が引くのが見えた。

ふっと身体が宙に浮いたかと思うと、大股で数歩運ばれ、近くにあったベッドに下ろされた。

「シリル、様……」

わたしを見下ろす、秀麗な顔。

その青灰色の目に、いつもの優しさではない情欲の火が見えるのが、泣きたいくらいに嬉しかった。

ああ、わたし、興奮しているんだ。

これが恋と呼べるものかなんてよくわからない。だけど、今、わたしは凄く興奮している。

目の前の美しい人に、貪られたいと思っている。

最初のときには、まったく自覚できなかった情動だった。

シリル様がほとんど引っかかっているだけになっていたドレスとコルセットの残骸を引き下ろす。胸が完全に露わになって、ひやりとした空気を感じた。

恥ずかしい。

「ユウカ……綺麗だ」

こちらの気も知らぬげに、シリル様が溜息のように囁いて先端を口に含んだ。

「あっ……」

ちゅっと、吸い上げられて自分でもびっくりするような声が出た。

気持ちがいい。

何がなんだかわからなくて流された、あのときとは違う。

シリル様はわたしの声に勢いづけられたのか、さらにそこを舐《な》め回しながら、もう片方の胸も手に包んで、やわやわと揉んだ。

「あ、あ、あ、いやっ……」

やめてほしいわけではないのに、否定の言葉が漏れてしまう。わたしはとまどって手で口を覆った。シリル様は十分に片方を舐《ねぶ》ったあとで、もう片方に唇を移す。

「う……」

声を殺して頭を振っていると、シリル様が気付いて、手に手を掛けられてしまった。

「声、聞きたい……」

返事はできなかったけど、力が緩んだのを悟られたのか、シリル様はさっさと手をどけてしまった。

ただでさえ美形のくせに、何それ……。

ちょっと悲しげに首を傾げた、待てをされたワンコのような、その顔はずるいでしょー‼

シリル様、なにかとそう言えばいいと思ってない？

またそれぇ……。

「ダメか？」

「え……あ……」

「あ……あっ……」

自分の口から出ているとは思えないくらい甘ったれた声が漏れた。

恥ずかしい。

「尖ってきた……」

シリル様が感嘆するように言って、胸の先をさらに指で弄る。

言われるように、そこは、ぷつんと膨らんで固くなっていた。

それをさらに指でくりくりされると、痺《しび》れたような衝撃が身体に流れる。

「んっ……んっ……」

「ユウカ、感じてるのか？」

耳元にシリル様の声が聞こえる。その吐息も刺激になって身体を捩った。

「可愛い」

シリル様は柔らかくわたしの胸を揉みながら、首筋に舌を這わせていく。

何度か強く吸い上げられて、それもひどく刺激になった。

「んっ……ひゃっ」

耳元を舐められて、背中がぞくぞくとした。

「やっ、駄目、そこっ……」

「ああ、ここも感じるんだな」

シリル様は身悶《みもだ》えするわたしを押さえ付けて、さらにそこを舐め上げる。

胸、とかはわかるけど、なんでそんなとこが気持ちいいのかわからない。

でも耳の孔《あな》のあたりに舌先を入れられて、動かされると、おかしいくらいにむずがゆい気持ちになった。

舐められているそこだけじゃなくて、お腹の下あたりも変な感じがする。

たまらずに、すりっと脚を擦り合わせると、目ざとく見つけられた。

「そちらも触ってほしいのか？」

太腿に手が置かれ、ゆっくりと撫《な》で回される。

「やっ……ちがっ……」

「本当に？」

少し楽しそうに囁かれたかと思うと、手を脚の間に入れられ、ゆっくりと開かされた。

「やっ……」

そうしなければならないのは理解しているのに、いざ実行されると恥ずかしくて、私は手で顔を覆った。

シリル様の手が焦らすように内側を撫でた後で、奥の方に進んでいく。

「やっ……ぁ」

期待と羞恥で脚を閉じそうになる。

けれどシリル様はそれを許さず、そのまま手を進めて奥をなぞった。

「よく濡れてるな……」

何でそんなに嬉しそうなの‼

下着越しに容赦なく亀裂をなぞり上げられて、さらに身体の奥から何かが沁《し》み出てくるのがわかった。

秘められているそこを指で軽く突かれて、また大きな声が出そうになる。

顔を覆った手を取り払われ、宥めるように顔中にキスをされて、びくびくと身体が震えた。

気持ちいい。

シリル様に触れられるところ、キスされるところ、全部が。

初めて知る快感と、適度に回った酔いでぼうっとしている間に、するすると最後の一枚も脱がされ、ベッドの下に放《ほう》られてしまった。

さらさらと衣擦れの音がして、シリル様も衣裳《いしょう》を脱いでいるのがわかる。

全部じゃなくて上着と装飾品を取っただけみたい。彼がシャツをはだけた姿でベッドに上がってくる。

そうっと薄目を開けると、また綺麗な顔がアップで迫ってきて急いで目を瞑《つぶ》った。

「可愛い」

少し笑った気配がして唇が塞がれる。肌と肌が触れ合うのが気持ちいい。

「あぅっ……」

また閉じそうになる脚を開かされ折り曲げて立つようにされた。手が脚の間に伸びて、直接そこに触れられる。

「やぁっ……」

あそこだ。一番、おかしくなってしまう箇所。

亀裂の上の方にある、小さな花の蕾《つぼみ》のようなそれ。

元の世界でちょっとだけ知識はあったけれど、こんなに鮮烈なものだとは、されるまでわからなかった。

「あっ、あっ……あ、いやっ……」

シリル様の指は、たぶん優しく触れてくれているのに、くりくりと弄られるとどうしていいかわからなくなる。目の前が赤くなって、びくびくと身体が震えた。

「やッ……だめ、おかしくなるから……」

「いいよ、おかしくなってしまえ」

「あっ、あっ……い、やぁ……」

限界のさらにその先を越えさせられ、一瞬、ふわりと浮き上がるような気がした。

ぷしゅっと中からまた蜜が溢《あふ》れ出る。

「軽く達したか……」

シリル様が呟いて、指をそっと奥にも忍ばせる。

「ユウカ……可愛い」

くちゅりと、指が沈んでいく。自分の中がほころんでいて蹂躙《じゅうりん》されるのを待っているのがわかる。

「んっ……」

指が一本、二本と差し込まれ、確かめるように動かされて、また快感を拾ってしまう。

「あっ……あっ……」

くちゅくちゅと音がして、中も十分に濡れているのを知った。

中を掻き回されながら、指を伸ばされ、さっきの花芯もいっしょに刺激されるとたまらない。

背中を仰《の》け反《ぞ》らせたり、身体を捩ったり、迫りくるものから逃れようとするけど、ムダな抵抗だった。

本当は、逃れようとさえしていないのかもしれない。

「あっ……だめっ……あ、ああっ……」

「ユウカ……大丈夫だ。何度でも達《い》ってしまえ」

シリル様が、わたしを責めたてながら、耳元で囁いた。

「あっ……んっ……駄目っ」

自分がクリームか何か、溶けるものになってしまうようだった。

とろとろに蕩《とろ》けて、おかしくなってしまいそう。

「あっ……あああっ……」

身悶えして、甘えたような声を上げながら、また高いところに押し上げられる。

とろり、また中から蜜が零れた。

シリル様の指が抜かれる。

全身から力が抜けてしまったようで、わたしはぐったりとシーツに頬をつけた。

シリル様が、わたしを弄っていなかった方の手で、わたしの額に張り付いた前髪を払った。

そのままそっと頬を包まれ、シリル様の方を向かされる。

「気持ち良かったか？」

あけすけに訊かれて頬に血が上るけれど、シリル様の目が真剣なので、小さく頷く。

彼は嬉しそうに笑った。

「良かった。前のときは自分のことしかわからなかったから……」

「……………」

あのときも、そんなに乱暴はされずに、丁寧に扱われたけれど、シリル様からしたらそうなのかもしれない。

初めてと二回目、というのもあるだろうし、何よりわたしの気持ちが違うというのもあると思うけど、ともかくあのときと全然違っていたのは確かだから、嘘は言ってない。

小さく微笑むと、シリル様が目を見張った。

「このまま進めてもいいか……？」

喉に絡むような声で聞かれる。少し男くさくて……色っぽい。

「はい……」

恥ずかしさと、少しの恐怖と、同じくらいの期待。小さく返事をすると、脚をさっきみたいに折り曲げて持ち上げられ、シリル様がその間に入ってくる。

さっきまでさんざん弄《いじ》られて、腫《は》れているようなそこに、熱いものが宛《あて》がわれた。

「挿《い》れるよ……」

「ん……」

彼はゆっくりと中に入ってきた。

前の激痛を思って少しだけ身体が竦《すく》むけど、痛みは欠片《かけら》もなかった。むしろ満たされているのを感じる。わたしの中がシリル様で埋められていく。

あったかい。

「はっ……あ」

浅いところで動かされて、思わず息が零れた。

前のときは、花芯への愛撫はともかく中は受け入れるだけで精一杯だったのに、かすかな気持ちよさを感じる。

「んんっ……」

何度か行き来されると、その感覚は強くなった。

「ユウカ……」

わたしの中が、無理なく柔らかく彼を包み込んでいるのを感じたのか、シリル様はぐぐっと力を入れて押し込んできた。

それでも痛みはない。ただ身体の奥が拓《ひら》かれていくのを感じる。

言葉はあまりなかった。目と目を見交わして、それだけで十分なような気がして。

やがて彼の動きが止まって、深く息をついた。

「全部、入った……」

小さく呟かれ、わたしはシリル様と完全に繋《つな》がったのを知った。

「痛みはないか？」

心配そうに問われ、首を横に振る。少しだけ圧迫感はあるけど、痛くはない。

彼はそれでも注意深く、わたしの顔を見ながら、少しずつ動き出した。

「んっ……あっ……」

ぬるんっ、と出ていかれる感触に、自分の中がまだ濡れているのを感じた。

抜け出てしまうかと思ったら、また押し込まれる。その繰り返し。

ただそれだけなのに、どうして身体が変わっていくんだろう。

「君の中は、熱い、な……」

何度か同じ角度で突かれたあと、片脚を高く掲げさせられて、ちょっと体勢が変わった。

「ひっ……あ、うん……」

突かれるところが変わると、また感覚が変わる。そうしていろいろ探られた後、一番、感じてしまうところを見つけられた。

「あっ……あ、だめ、そこっ、だめっ……」

ぐっぐっ、と突き上げられ、自分でもどうかと思うような声が出る。

「はっ……んっ……」

「ユウカ……いい……」

シリル様が絞り出すような声を出した。

抜き挿しが早くなる。

ぐちゅん、結合部の濡れた音と、肌と肌がぶつかり合う乾いた音が混じった。

「あっ……シリル……様っ……」

奥の方から高まってくる何かに、ちょっと不安を覚えながら手を差し伸べた。シリル様が上体を倒して、手の届くところに来てくれる。

「あ、あぁ……何か、変……わたし」

広い背中に手を回して、すがりついた。

彼と繋がっている中が、火が点《つ》きそうなほど熱を帯びている。

全身をゆさゆさと揺さぶられながら、それがぬくぬくと出入りする。

時折、掻《か》きまぜるように、ぐるりと動かされ、その度に高い声を上げた。

なんでこんなふうに感じるんだろう。

太くて熱いものに身体の中を掻き回されて、深く、浅く、擦り上げられるのが気持ちよくて仕方ない。

刺激が高まってきて、身体を弓なりにそらせながら、目の前の身体にしがみついた。

「あ――――あ、あ、あ」

こんなのは知らなかった。自分が作り変えられてしまいそう。

どこかに飛んで行きそうで怖い。

「ユウカ、大丈夫だ。ここにいる。目を開けろ」

シリル様の声が聞こえて、わたしは自分が目をつぶっていたのを知った。

未知の感覚が怖くて、いつのまにか、瞼を閉じていたらしい。

そうっと目を開くとシリル様の美しい顔が見えた。

いつも穏やかな瞳が、今は燃えるよう。けれど、やっぱりどこか優しくて。

触れてきた唇に自分から唇を押しつけ、一生懸命、舌を絡めた。

彼を包んだ内部が、きゅうっと締まる感覚があって、そうやって彼の形を感じると、もう言葉にできないくらい気持ちがいい。

「あっ、あっ、あっ……だ、め……」

「ああ、俺も……もう」

さらに強く抱きしめられて、がつがつと奥を突かれた。

高い声をあげて、また達すると、シリル様が外に抜け出た。

そのまま身体の上に、なにかかけられる。

「あ……出てっ？」

すこしひんやりした感触に、わたしが小さく呟くと「すまない、汚してしまった」と言われた。

前もそんなこと言われた気がする。

汚してしまったって、今更なのに。

恐らく子供ができないように、そうしてくれたのに。

わたしはちょっとおかしくなってそのままシリル様の胸に顔を埋めて、笑ってしまった。


しばらくして落ち着いて、部屋にあるタオルとかで身体を綺麗にした後、シリル様が迎えの馬車を呼ぶときに、もう少し着やすいドレスを持ってこさせてくれた。

夜会も終わって、もうシリル様の御屋敷に帰る必要はないのだけど、シリル様が当然のようにわたしを馬車に乗せるので、つい訂正しそこねた。

まあいいか。ドレスとかアクセサリーとか返さないといけないし。

行くときに着ていたドレスと違うものになっているのは追及されそうだけど、酔っ払って苦しかった、ということで!

帰りの馬車に揺られながら、わたしはこれだけはと思ってシリル様に言った。

「今夜はすみません。わたし……酔っ払っていて」

シリル様は、わたしの真意を探るように見つめた。

「今夜のは酒の上の過《あやま》ち、ということだろうか?」

「過ち、というほど後悔はしていないんですが、ちょっとその場の勢いだったかな……と」

あのとき、ずるをしても、シリル様に抱かれたいと思ったのは、素直なわたしの気持ちだ。

その根底には、彼を好きだという気持ちがあるのだろう。

だけど、わたしの中で、まだいろいろなことが整理できていない。

そもそもシリル様がわたしのことを好きだという気持ちを信じ切れていないのだ。

シリル様は真面目で、誠実な人だけど。わたしはこんな、つまらない人間だから。

きっといつか、飽きられてしまうと思ってる。

思っているから……わたしの気持ちは、悟られたくない。

シリル様は、またじっとわたしを見つめてから、ふいっと横を向いて、吐息をついた。

「最初を間違ったのは俺だからな……それ以後も間違うことは、ありうるだろう」

好きだとは一言も言われてないし。

少し拗《す》ねたように言われて、わたしは焦ってしまった。

「最初のときも、今日のことも、間違っているとは思いませんよ！」

ただちょっと……保留にしてほしいだけで。

「だが、ユウカは恋人にはなってくれないのだろう？」

「それは……えっと……」

「俺は本来、恋人としかそういうことはしたくないんだ」

わたしだってです！

大声で叫びたいけど、自分が矛盾した行動を取っているのはよくわかっている。

「えっと……ごめんなさい？」

「最初のことで謝るべきは俺だろう。禁止されてしまったが」

ちょっと怒ったように言われる。

えーっと。

シリル様は、そう言ってから、はっとしたように呟いた。

「ああ……最初、俺が謝るべきことをしたから、今度はユウカに弄《もてあそ》ばれても甘んじるべきか。目には目に……と言うものな」

「そ、それは何か違うような気がするんですけど！」

そもそも弄ぶなんてひどい言われようだ。

わたしは抗議したが、シリル様は納得顔だ。

「過ちが一対一で、これでおあいこになったから、これ以後は普通に口説くのはいいということか？」

「シリル様の思考回路がわかりません……」

焦って訴えるわたしに、シリル様は顔を近付けて頬にキスした。

「――――！」

「だが、酔っていなくても、この程度は解禁、だろう？　もちろん、ユウカがこの先を望むならやぶさかではないが」

「望んでないし、解禁もしてないです！」

「仕方ないな……だったら勝手に狼藉《ろうぜき》を働こう」

「……勤務中は勘弁してください」

どうしてこうなるの……まあ、わたしも悪いんだけど！

やっぱり酔っ払った勢いであれこれするのはよくない。

正直、ユーシス様に、なんとなくお膳立《ぜんだ》てされたような気がしなくもないのだけど。

最終的に行動しちゃったのはわたしだし……。

これからどうすればいいのかしら。

ちょっと不安を覚えながら。

わたしは、シリル様の肩によりかかって寝てしまった。

# 第三章

ユウカは何を恐れているのだろうか？

二人して夜会に出てマダム・ギースへの資金援助を募《つの》った夜。

思いがけずに彼女に触れることを許され、けれどその後に、やんわりと拒まれて、俺が思ったのはそれだった。

彼女は何かを恐れていて、たぶんそれが俺と彼女の間を隔《へだ》てている。

ごく薄くて、向こうも透けて見えるけれど、触れることのできない絶対の隔たり。

もどかしくて、そんなものは壊してしまいたいけれども、無理にそんなことをしたら彼女自身を傷付けそうで、壊せない。

ぐったりしているユウカを屋敷に連れ帰り、母と共にだいぶしつこく足止めしたのだが、屋敷に彼女を留めることは不成功に終わった。

ユウカに与えるつもりだったドレスも靴もアクセサリーも全部返却され、丁重に御礼を言われて、俺は勿論、母もだいぶがっくりきている。

「お前、何か嫌われるようなことをしたんじゃないの？」

「そんなことは……」

母に恨めしげに問い詰められたが、そんなことはなかったと思う。むしろ好感度は上げられた方ではないだろうか。

俺は抱きしめたユウカの細い身体を思い出しながら、なんとなく自分の手を見た。

柔らかくて、いい匂いがした……。

あの最悪な初めてのときよりは優しくできたし、彼女も感じてくれていたと思う。

ちょっと顔が緩んだのを察知したのか、母は眉を吊り上げた。

「やっぱり！　嫌らしいことして嫌われたんでしょう」

「違います！」

確かに嫌らしいことはしたが……あれはユウカも望んでくれたことだ。

そしてユウカは……好意を持っていない相手に、あんなことは許さないはずだ。

それなのにどうして。

そんな思いも知らず、母は俺の顔を見ながら、頬にちょっと手を触れて溜息をついた。

「こんなに綺麗に産んであげたし、頭も性格もそんなに悪くないはずなのにねえ……少々出来がよくても、ここぞってときに好きな子に振り向いてもらえないなら意味ないじゃない」

「……そこは同意します」

うちの両親は珍しく恋愛結婚だ。たまたま家格や年齢や、何やかやが釣り合って結婚もスムーズだったが、そんなことは度外視で恋に落ちたのだという。

地位も名誉も財産も……愛する人と分かち合わなければ意味がないだろう。

なんとも思っていない人間に褒《ほ》めそやされたり、持ち上げられたりするのは煩わしいだけだ。

そう言われて育って、俺もそういう価値観でずっと生きてきた。

なかなかこれという女性に巡り会わなかったのが、ようやく会えた。

だから……離す気はない。

どの程度かわからないが、好意を持たれているとわかったのだから進むしかないだろう。

俺は母を真っ直ぐ見つめた。

「ドレスもアクセサリーも最終的には受け取ってもらいますので、綺麗にして保管しておいてください。俺は諦めません」

いつになくきっぱりと言うと、母は面食らったように目を瞬《まばた》かせた。

「そ、そう？　あんまりしつこくしたら、本気で嫌われるわよ」

「嫌われていないのはわかっているので……そのへんは見極めます」

「ふーん」

母は気を取り直したように、俺をじろじろ見て目を細めた。

「まあ頑張りなさい。わたしはあの子、好きよ。ちょっと自信がなさすぎるけど、懐《ふところ》に飛び込んでくるなら、存分に可愛がってあげたいわ」

「その懐に入ってもらうまでが大変なんですが……」

「それはお前の仕事でしょう。せいぜい頑張りなさい」

ほほほ、と笑って、母は立ち上がってどこかに行ってしまった。

気まぐれで、物理的にも精神的にも一つところにあまり留まっていない人だ。

父もいいかげん風来坊な気質があるから気が合うのだろう。

§

王宮にて。

「もう一体なんなの！」

王太子の一日の業務を終え、アズサの部屋を訪れてみると、本やら小物やら服やらがあたり一面に散らばっていて、目も当てられない様相になっていた。

わたしは天蓋《てんがい》付きのベッドに座り込んでいる彼女に恐る恐る声をかける。

「アズサ。どうかしたのか？」

彼女は入口に立つわたしに気付くと、きっと睨《にら》んでクッションを投げてきた。

「どうしてああなるの？　この国で一番、美しくて、一番、尊敬されていて、一番、注目を浴びるのはわたしだって言ったじゃないっ！　なのに、シリル様もユーシス様も別の女連れで、わたしより目立ってて……」

「ああ……」

昨夜の舞踏会の話だったか。

ぼすん、とクッションを受け止めてわたしは苦笑する。

どうのこうのいって当たってても痛くないものを投げてくるのでアズサは優しい。

それにすごく可愛い。

昨日の夜は、ひどく機嫌を悪くして何も言わずに部屋から締め出されてしまったので、宥めようもなかったが……。

今日みたいに拗《す》ねているだけならどうにでもなるものだ。

わたしはアズサの傍らに座って、その艶《つや》やかな黒髪を撫《な》でた。

「宰相が女性連れで来たのは、孤児達の施設が資金繰りに苦労していてその寄付を募るということだった。女性もその施設出身のごく平凡な一般女性だという。宰相は面倒見がいいからな。その手助けをしたかったのだろう。アズサが気にするようなことではない」

「孤児の施設……？」

アズサは何かを思い出そうとでもいうように、眉を顰《ひそ》めた。

「まさか、それって、異世界から迷い込んだ人間の世話もするっていうところ？」

「ああ、確かそんなことを言っていたな、昨日の女性もそちらの人間だとか」

「やっぱり！」

アズサは悔しげに左の親指の爪を噛《か》んだ。

あの女、ずっとちょろちょろしてて目障りだと思ってたのよ、どうしてくれよう……。

いっそまとめて呪い殺してやろうかしら……。

何やらぶつぶつ言っている声が聞こえるが、内容はわからない。

きっと気分を落ち着かせているだけだろう。

気まぐれでワガママなところはあるが、アズサは聖女なのだ。

アズサのお陰で、先代聖女の衰《おとろ》えで穢れに冒された国境の浄化は進んでいるし、彼女もその仕事は真剣に取り組んでいる。

そんな清らかな彼女が本気で人を蹴落としたり、傷付けたりするような真似をするはずがない。

何かあっても、ほんの少しのイタズラとか意趣返しのような程度だ。

アズサはキッと、またわたしを睨んだ。

「それで？　ユーシス様が連れていた女は？」

すごい勢いで尋ねられる。

「ああ……」

わたしは、ちょっと遠い目をした。

宰相の連れていた大人しそうな女性とは違い、あれはちょっと見応えのある美女だった。とくに胸部のあたりが、素晴らしく豊かで……。

い、いや。無論、アズサより素晴らしい女性などいるはずもないのだが。

わたしはちらりと、彼女の胸元をみた。

アズサは、お椀《わん》型の形のよい胸をしている。昨夜の美女と比べてはいけないが決して貧しいわけではないし、何より発展途上だ。

そう……比べるなど、愚かなことだ。

わたしがぼうっと考えているのを悟られたのか、アズサの眉がきりきりと上がる。

「王太子様?」

アズサが、わたしの胸元を掴んだ。

「何を考えていらっしゃるのかしら?」

「い、いや……そうだ。昨日の騒ぎはそもそもユーシスがああいう夜会に出るのが珍しかったからな。注目を集めたのはそのためだろう。アズサが気にする必要はない」

「珍しい……? ユーシス様は夜会には出ない人だったの?」

わたしはこくこく頷いた。

「あれであんまり派手なところには出たがらないからな。おおかた、あの派手な彼女にせがまれて出てきたのだろう」

カタブツの宰相と違い、あの魔術師は、付き合う彼女を時々変えて一緒にいる姿は見かけた。

普段は知的でスレンダーな美女が多かったが、宗旨《しゅうし》替えしたらしい。

タイプが違うだけで、あれもまた美女だったが。

「そう……」

アズサは、また爪を噛みだした。この癖は愛らしいがちょっと子供っぽいと思う。

「アズサ？」

どうしたものかと思って呼びかけると、アズサは、今、気付いたかのように顔を上げてわたしを見た。花がほころぶように笑いかけ、わたしの首に腕を回してくる。

ああ可愛い。

彼女の言動に少し苛々《いらいら》したり、腑《ふ》に落ちないことがあっても、この笑顔をみると、何もかもが吹き飛んでいく気がする。

「王太子様、お願いがあるの……」

§

「呪詛《じゅそ》がやってきましたね」

午後、シリル様の執務室にエレンを連れてやってきたユーシス様は、人払いをした後、出した紅茶を飲みながらしれっと言った。

「呪詛、だと？」

シリル様が眉を上げる。

「ええ、ユウカさんとエレンさん宛てに、ちょうど同じくらいの量。殺すほどではないですが、体調を崩《くず》して寝込むくらいの強さはありますね。ついでに髪が抜けたり肌が荒れたりするかも」

「何それ最悪」

エレンが気味悪そうに言って、身体を震わせた。

ちなみに今日は彼女とわたしも特別に、ユーシス様シリル様と一緒にテーブルについている。

確かに……死なないと言われても、その呪詛は、なかなか女の子には切実だ。

「ああ、大丈夫ですよ。わたしがちゃんと撥《は》ね返しておきましたから」

ユーシス様がしれっと言った。

「さすが！　頼りになります」

エレンが手を打ってよろこぶ。

「まあ、あのくらいは……ね」

なんだか、ちょっと得意そうなユーシス様。わたしは心配になって言った。

「撥ね返すって……撥ね返された聖女は大丈夫なんですか？」

ユーシス様は肩をすくめる。

「まあ腐っても聖女ですから、たぶん浄化してしまって終わりでしょう」

「そんなこともできるんだ……」

「わざわざ召還の大魔術を使って呼ぶのですから、そのくらいは」

ユーシス様の言葉にシリル様も静かにうなずく。

わたしはなんとなく、ちょっとだけ彼女が可哀想なように思った。

国の運命を左右するような役割を果たすのを、当然だとされている。

まるで道具のような……。

「まあ言ってみればそのとおり。この国にとって聖女は道具ですよ。でもそれは、召還されたときの条件ですからね」

わたしの表情を読んだのか、ユーシス様が言った。

「とはいえ、週に二回ほど、浄化の祈りを捧《ささ》げてもらうだけで、あとは自由で好待遇を約束されています。それほど悪い条件ではないと思いますが」

そう言われればそうだ。

さらに聖女アズサは、王宮逆ハーレムルートを目指してしまったわけで、それを悪用して国を良いようにしてる人がいるとかでみんな困っている。同情している場合ではない。

「たぶん、わたしは今、自分に満足してるんですね……」

わたしは紅茶の入ったカップで両手を温めながら、しみじみと言った。

聖女と同じく、死ぬ運命のところを召還されて、生かされて。

けれど聖女のように決められた重い役割もなく、自由に生きていける。

マダム・ギースと子供達、王宮に来てからはエレンやシリル様たちのおかげで孤独にもならなかったし生活にも困らなかった。

だから、なんとなく聖女が不自由なように思うのだろう。

「んーでも、だいたいの人が、召還されて聖女の立場かユウカの立場か選べって言われたら、聖女を選ぶと思うなあ。ユウカが変わってるのよ」

エレンがお茶菓子を摘まみながら言った。

今日はわたしが夜食を作る際、ついでに焼いたスコーンだ。

厨房のみんなと、うろ覚えの知識を話し合いながら作ったクロテッドクリームはなかなかの出来だと思う。ラズベリージャムとマーマレードも添えた。

「そ、そうかしら?」

「そうですね」

「そうだな」

ユーシス様とシリル様も声を揃《そろ》える。

そ、そんなに変わってるかしら、わたし。

「聖女になれば国民の尊敬も集められますし、深く感謝されます。それでいて贅沢《ぜいたく》はし放題。王族との結婚も夢じゃない。使命も聖女に与えられた力を思えばそれほど重労働ではありません。普通の女性ならその道を選びますよ」

ユーシス様が淡々と言いながら、割ったスコーンに、もりっとクリームを付けた。

お酒好きなわりに甘い物もけっこう食べるなあ、この人。

横でエレンが目を輝かせてその様子を見てるから、後でレシピを聞かれそうだ。

「そういうものですか……」

聖女ならやれて当然、みたいに見られるのは怖いと思うけど……。

実際にそれがたやすく行えて、多くの人のためになるなら……そうして人に喜ばれるなら、嬉しい……かしら？

「ユウカは人に期待されて、それを裏切るかもしれない、と思うのが怖いんだろう」

シリル様が淡々と言った。

「もっと言えば、期待を裏切って失望されるのが怖い……のかな？」

真っ直ぐに向けられる青灰色の目。

わたしはとまどった。そんなふうに考えたことはなかったから。

『また八十点？　なんかパッとしない数字ばかりねえ』

『二十歳すぎたらただの人、っていうけど、あんたはその半分くらいしか保《も》たなかったか』

なぜか遠い昔、母親にかけられた言葉をふっと思い出した。

たしか中学に上がってからの試験の点数を見て言われた言葉だ。

家にこもって本ばかり読んでいたからか、小学生の頃はそれなりに成績はよかったので少しだけ期待されたのだろう。

中学に入って格段に難しくなったテストで、八十点でも悪い方ではなかったし、勉強を見てくれたわけでも塾に行かせてくれたわけでもなしに勝手な言い草だとは思うが。

あのときは失望されたのだ、とショックに思った。

子供を放置して、甘い言葉はかけなくて、でも高校に上がるまで最低限の面倒は見てくれた。

ものすごくひどくなじられた覚えもなければ、暴力を振るわれたこともない。だから、感謝や愛情はないけど恨む筋合いもない。ただただ遠い人だ。

今の今まで思い出しもしなかったのに。

カミーユ様……シリル様のお母様に優しくしてもらったせいかもしれない。

ともかく、今となっては懐かしさもなにも感じない人だけど、ずっと昔は違ったのかもしれない、と、不意に思った。

わたしがもっと頭がよくて、よい成績を取っていたら。

もう少し、愛してもらえたかもしれない……なんてことを、小さい頃は、考えていたのかも。

「ユウカ？　大丈夫？」

隣に座っていたエレンが心配したように、わたしの手に自分の手を重ねた。

少しぼんやりしていたわたしは、はっとして居住まいを正す。

「大丈夫です。ちょっと思いがけないことを言われて驚いてしまって」

「人の期待を裏切るのが怖い、というのは、別に特別なことじゃない。当たり前の感情だろう」

シリル様が優しく言った。

「それにユウカは、すべてを怖がっているわけじゃない。掃除とか料理とか自分で何度も練習して身につけたことなら、期待されても普通にやりとげる。聖女の力がどんなものかわかっていないから、漠然《ばくぜん》と重い期待を怖く感じるんだろう」

「なるほどねえ。聖女の力は、定められた器に蓄《たくわ》えられた力を定められたところに注ぐ、みたいなものなので、そんなに緊張することも失敗を恐れる必要もないんですけど、なってみないとわからないものですか」

シリル様の言葉にユーシス様が相槌《あいづち》を打つ。わたしは曖昧に笑ってごまかした。

シリル様にそんなふうに見られていたのか、という気持ちと、言葉の内容にちょっと納得する気持ちと、自分のことをよく見ていてもらえて嬉しいなという気持ちがぐるぐるしている。

「今の話で思いましたけど、それだけ聖女の力は桁違《けたちが》いなんですよね。本来浄化のために特化しているものですが、何しろ魔力が潤沢《じゅんたく》なので、その気になれば今回のような悪さができる。今まではそんなことを考える人がいなかったのですが、それに目をつけるものが現れてしまった」

　ユーシス様の言葉にエレンが首を傾げた。

「でも呪詛はユーシス様が撥ね返されたんでしょう？」

「ええ。呪詛なんて浄化の力とは一番、相性が悪いものですからね。正直よく使えたもんだと感心するし、たいしたものではないです。ただ誘惑《チャーム》は、いってみれば魅了で、浄化とそこまで相反するものではありませんから。清らかなものに惹かれるのはおかしなことではない」

「聖女に誘惑《チャーム》された人が、いろいろ行動してくるのが厄介？」

「そういうこと。あと聖女自身が変質してしまう恐れもあるのですが、今はそれはおいて。ひとつ相談です」

　ユーシス様が青い色の小瓶を取り出した。あれは……浄化薬？

「わたしが作ったものですか？」

「そうです。サンプルのために神殿で一個もらったんですが、なかなか出来がいいですね。なのでもしかしたらと思って試してみたら、聖女の誘惑《チャーム》にわずかに対抗できることがわかりました。誘惑《チャーム》から解放されるわけではなく、少し思考が正常に戻る、程度ですが」

　言いながらもユーシス様はちょっと浮かぬ顔だ。

「清浄な力の発露である魅了なら浄化が利くのはおかしいので、あまり歓迎できたことではありません。国境辺りの浄化の進みが鈍くなったという報告もあります」

「聖女の力が穢されている、ということか？」

シリル様が目を見張って言った。

「浄化の力が穢されるということはありえません。穢れたものはそもそも浄化とはいえない。聖女自身が穢れに浸食されて浄化能力が落ちているのではないか、ということです。誘惑《チャーム》は浄化とは違うものですからそれにも邪気が交じっているのでしょう。だから浄化薬が効く」

ユーシス様がちらりとわたしを見た。

「ユウカのようにまめに禊《みそぎ》にも通っていないようで、それも地味に響いています」

わたしは驚いた。

「えっ……確かに最近は、ちょっと水が冷たくてきついですけど、禊に行かないと体調が悪くなりますよ？」

「ある臨界点《りんかいてん》を超えるとあまり感じなくなるようですね。それに恐らく感じないように手立てを打っているのでしょう」

「そんな……それでは聖女も被害者です」

わたしは訴えた。逆ハーを目指したり、シリル様に媚薬を盛ったり、彼女自身に軽率な振る舞いはあるけれど、ここに来たときは未成年で、恐らくは世間知らずのお嬢さんだ。

それを悪い方へ悪い方へと導いている人がいる。

シリル様が頷いた。

「わかっている。ただ表向きすべて聖女の意思でやっているように見せかけられている以上、安易な手出しはできない。少なくとも彼女の保護者は無関係ではないだろうが」

保護者？

「ハンゲイト公爵……ブレンダン様、ですか」

エレンが言った。聖女が召還されたときに、すぐに引き取ろうと手を挙げた人、だっけ。

「ああ、関係上は義父と娘だが、妖しい雰囲気だという者もいる。公爵夫人はもうだいぶ前に亡くなって息子夫婦も同居しているので倫理的な問題はないし、聖女の方がハンゲイト卿《きょう》を誘惑していいようにしている、とも取れるわけだが」

シリル様は難しい顔をした。

「どちらにしても決め手がないので、今は追及のしようがない」

「そういうことです。で、この浄化薬ですが」

ユーシス様が、青い小瓶を弄びながら言った。

「効果は強くないです。かなりの個数を飲ませても魅了された気持ちを全部消すのは難しいし、消したとしてもう一度聖女に会えば元の木阿弥《もくあみ》です。でも聖女に誘導された変な判断を考え直すくらいに理性を取り戻すことはできる。たとえば利益の見込めない遊興施設の建設とか」

あ……！

「やったじゃん、ユウカ！」

エレンが歓声を上げた。ユースス様とシリル様も、ちょっと微笑んでいる。

それってやっぱり……そういうこと？

「マダム・ギースの施設周辺の土地の値上げは防げそう、ということでしょうか」

「ええ、あんなところにそんなものを造るというのがそもそもおかしな話でしたから。それを口実に界隈《かいわい》の住人を追い出し、直前で何か別のものを造らせようとしていたのではないかと疑われています。たとえば武器の生産工場とか」

「そうだったんだ……」

「あなたたちへの嫌がらせもそうですよ。嫌がらせ自体はメイドや女官の嫉妬を聖女が煽った、あたりで間違いないでしょうが。その感情を利用して王宮に不和をばらまき、使用人を入れ替えようとしている動きがありました。まあ気付かないふりで適当に調整しますが」

「えっ……」

思わずエレンと声を揃《そろ》えてしまった。

「だから自分達で判断するなと言ったでしょう？」

にっこり笑いつつ、目が笑っていないユーシス様にしっかり釘を刺されてしまった。

その後、浄化薬について打ち合わせをした。

「ユウカのものより弱いですが、神殿の浄化能力者が作ったものでも効力が確認できたので頑張ってもらいます。ユウカも前のような無理をしない程度に……あ、元の薬品はわたしが持ってきて回収するので、神殿まで出向かなくていいです」

とりあえず一日、二本程度にしときましょうね……とピンクの小瓶を渡される。

そのくらいなら全然平気だが、それっぽっちで大丈夫だろうか。

「さしあたって判断だけまともになればいいからな。問題行動が多い者はそれを飲ませて聖女と接触させないようにすれば大丈夫だ。あんまりあからさまなことをしたら気付かれるので、黒幕を押さえられるまでは最小限度にしておいた方がいい」

シリル様の言葉に被《かぶ》せるようにユーシス様が言った。

「あ、そうだ。ユウカは手がける食べ物や飲み物にも若干、浄化の力があるみたいなのでシリルが惑わないようにどんどん食べさせるといいですよ」

「え……」

思いがけない言葉にシリル様と目を合わせてしまう。

シリル様が、そういうことは早く言え、とユーシス様をどついていたから彼も初耳なのだろう。

「それはそうとユウカの作るものは美味いから歓迎だ。なんなら三食作ってもらってもいい」

「いや、あなた、そこまで聖女に対して防御する必要ないでしょう」

とかなんとか言ってるけど。

ちょっと嬉しかったので、シリル様の食べる物はなるべく多く作ろうと決めた。

「あーだったらユーシス様がさっきからそのお菓子を沢山食べてるのもそのせいですか？」

「いいえ、これは単に好みの味なので、あなたが作ってくれるなら嬉しいですね」

なんだかじゃれているエレンとユーシス様のことは、とりあえず見ないふりをした。


そんなことがあったのもあって。

わたしはシリル様に、前から行ってみたかった国際市場に行けないかどうかお願いしてみた。

毎月第三土曜日と日曜日に、近隣諸国からも熱心な商人が集まって手に入りにくい珍しい食材やら雑貨やら売るらしいのだけど、少し遠いのだ。

そこに行くための乗り合い馬車があるけど、大人気で一ヶ月前くらいから予約しないと乗れないらしい。

今週末なんだけど、ダメかしら。ダメなら無理する気はないんだけど。

シリル様はあっさり頷いた。

「ああ。俺も視察でよく行くので、同行しよう」

「え、シリル様本人が……ですか?」

馬車を出してもらうか、乗り合い馬車の予約をなんとかコネでお願いできないか……というつもりだったのだけど。

「ユウカには護衛も必要だし、何か問題が?」

「でも……お忙しいのに」

「そういう判断はこっちでするとと言っただろう。そもそもが聖女への対抗手段は最優先事項だし、土・日は基本、公休になっている」

日曜はともかく、土曜日に休みのシリル様、見たことないけど。

首を傾げるわたしに、シリル様はゴホンと咳払いをした。

「まあそれは表向きの理由として、俺が君と二人きりでデートできる機会を逃すわけがないだろう？　徹夜してでも仕事は片付ける。」

「デ、デート⁉　いえ、それより徹夜は困ります！　そんなことをされるなら行きませんから！」

「う……善処《ぜんしょ》しよう。ところでユウカ。馬に同乗するのは大丈夫か？」

「……乗ったことないです」

この世界では、わりと一般的な交通手段なのは知ってるけど、わたしが使うのは乗り合い馬車くらいで、馬に直接っていうのは、一人乗りはもちろん、二人乗りの経験もない。

「怖いとか、乗り物に酔いやすいとかは？」

「特にないですが」

「じゃあ試してみよう。無理そうなら馬車も手配できるようにする」

というわけで。

当日、さいわい晴天になって、王宮近くの公園で待ち合わせた場所に現れたシリル様にわたしは驚いた。

「お忍び……ですか？」

「ああ。ばれても支障はないがあまり注目されるのも面倒だから、公務以外の視察はだいたいこんなものだ」

いつもの軍服でも文官服でもない。

ちょっと裕福な商人が着るような、ストールにマント、それに帽子。

華美じゃないんだけど、センスが良くていつもと違う感じで新鮮。普段の生真面目さが薄れて洒脱《しゃだつ》な感じだから、別のファンがつくんじゃないかしら。

「ユウカは普段はそんな格好なんだな。とても愛らしい」

わたしは仕事着じゃないワンピースと帽子。馬に乗るというので下に短いスパッツを穿《は》いているのだけど、ストレートに褒められて照れてしまった。

ま、まあ持っている限りで一番可愛いのにはしましたけど！

「あ、そういえば、馬。帰りは荷物重くなるかもしれないの大丈夫でしょうか」

「ああ、アンブローズなら二人乗って、あと二十キロくらいは余裕だが、マーケットから王宮に配送してもらうこともできるぞ」

「よかった。それなら送ってもらうことにしたら気兼ねなく買えますね」

小さくて軽いものだけ持って帰ろう。

わたしはシリル様が連れてきた、身体が大きくて頑丈そうな馬を見た。

真っ黒だけど、額にだけ白い筋が通っている。

「騎士団にいたときからの相棒だが、今は少し無聊《ぶりょう》をかこっているからな、トレーニングのためにも少しくらい重いものも持たせるといい」

シリル様が楽しそうに言う。すごく可愛がってそう。

「あ、角砂糖を上げるといいって聞いて用意してきたんですけど、いいですか？」

「そうだな。食べさせすぎはよくないが一個くらいなら。喜ぶだろう」

恐る恐る掌《てのひら》に載せて、馬の鼻面に近付けてみると、ふんふんと匂いを嗅いだあと、ぱくっと食べて、おまけに掌を舐めてくれた。可愛い。

その後、シリル様に抱き上げられるようにして、馬の前に乗せられる。

「そこまで遠いわけではないし、あまり飛ばさずにのんびり行こう」

そう言われたのだけど、シリル様ののんびりはわたしには結構、速かった……。

乗り合い馬車では一時間かかると言われたのに、三十分ほどでついちゃったし。

初めてなのでしがみついているだけで精一杯だったけど、シリル様に抱きかかえられるようにして、風を切って走るのは心臓に悪かった。

「着いたぞ」

馬を待たせておく、繋ぎ場？　みたいなところには、見渡すくらい五十頭くらいの馬が並んでいて、専用の世話をする人もいるみたいだった。

アンブローズは一際、大きいので、普通の馬たちがちょっと怯えているみたい。端っこの方に案内されている。

そこから誘導されて小道を抜けると、一気に視界が開けた。

「わあ……」

わたしは思わず声を上げた。休日に王都の市場には、ちょくちょく出かけていたけれど、規模が全然違った。

大きな通りの両脇に台の上いっぱいに品物を並べた人達や、元の世界のお祭りのときのような屋台がずらりと並んでいる。

野菜や果物なんかが多いけど、陶磁器とかよくわからない雑貨みたいなのもある。

何かいい匂いのする、食べ物をその場で作って提供する形のものもいっぱい。

「昼時だな、まずは何か食べようか。ユウカ、何が良い？」

シリル様が空にかかる太陽を見て言った。

この世界にも時計とか腕時計みたいなのはあるんだけど、シリル様ってよく時間は空とか体感で測るのよね。それもだいたい正確。

騎士団で遠征とかしてたときの名残だろうか。

わたしは周囲の屋台を見回した。じゃがバター、焼きそば、フランクフルト。お好み焼きっぽいのとか、リンゴアメっぽいのもある。

ちょっと食べてみたいものは沢山あるけど、選びきれない。

「何って……、ちょっとまだ何があるかよくわからなくて。でも少し珍しいものがあれば食べてみたいです」

「珍しいものか……」

シリル様は、ちょっと考える素振りをしてから、わたしを引っ張るようにして脇の道を曲がった。そこにもお店がいっぱい。シリル様はそこの隅にある、おばあさんがやっているっぽい屋台に向かった。

「二つくれるか」

「あいよ」

おばあさんは、愛想良く頷いて、小鉢にほかほかと湯気の立つそれを盛ってくれた。

平べったい麺で、お味噌のいい香りがするそれは……。

「きしめん？」

「そういうのか？　ヌードルの一種で、俺はわりと好きなんだが……」

「あ、わたしも好きです。これ、元の世界でもなんというか……わたしが生まれた国の、地方料

理で」

名古屋の近くに行くときは必ず食べたし、通販で取り寄せて自分の家でも作った。

おにぎりも好きだし、シリル様はわりと日本風のものが好みなのかもしれない。

おばあさんの屋台の横にある簡素な座椅子と台で、シリル様と隣り合ってきしめんを啜《すす》る。

服を汚さないようにしなくちゃ……と思ってたら、紙エプロンをもらえた。

どっからどうみてもきしめんだから、違和感なかったけど、そういえば割り箸を持つのも久しぶりだ。

シリル様は箸を使うのも慣れているみたいだった。

少し肌寒い季節だから、味噌《みそ》味のほっこりしたきしめんで、身体の芯から温まる気がする。

「美味しいです」

「よかった……」

シリル様は嬉しそうに笑う。

「自分の好きなものを、好きな相手にも好んでもらえるのはいいものだな」

「わたしも好きでした。こっちで食べられるなんて……」

「元の世界の話か……」

馬に揺られているときに少し曲がっていたのか、シリル様はわたしの帽子に手をかけて、直してくれながら言った。

「前は断られたが、ユウカの前の世界の話も聞きたいな……と言ったら今度は違う返事がもらえるのだろうか」

「シリル様……」

「別に役に立つ話などでなくていいんだ。どんな町で生まれて育ったのか、どんな幼少期をすごしたのか、どんな食べ物が好きだったのか、そういうことを……聞きたい」

わたしの好きな優しい色の瞳で甘く囁かれて、断れるわけがない。

「面白く、ないですよ……」

「ユウカの話でつまらないものなどあるものか」

「……シリル様の話も聞きたいです」

「もちろん。聞いてもらえると嬉しい」

わたしが一杯、食べている間に、シリル様は二杯目もおかわりしていた。

おかわりを渡すときに、屋台のおばあさんとシリル様が、「兄さん、やっと恋人ができたのかい？可愛い子じゃないかよかったねえ」「……今、口説いている最中だ」とかやり取りしていたのが丸聞こえだったのは内緒だ。

ちょっと恥ずかしい。

帰りに、おまけだといって、紙に包まれたお菓子をもらった。

小さなものなので歩きながら剥いてみたら、羊羹《ようかん》みたいだけど羊羹よりちょっと固そう。

まさかこれは……。

囓ってみると、もちもちとして甘い……間違いなくういろうだった。

これも某都市で有名なお菓子だ。

「初めて食べるが、これも美味いな」

「この世界には、名古屋みたいな場所があるんでしょうか……」

「ナゴヤ？」

もしかしたら、あそこから集団で異世界転移した人達が作った町とかあるのかもしれない。

シリル様に説明をしつつ、いつか調べてみたいなと思った。


食事を済ませ、いろいろな食材の説明を聞いたり味見をさせてもらったりして、これと思ったものをどっさり購入した。

シリル様に食べさせるだけじゃなくて、王宮の厨房《ちゅうぼう》にも……とか考えるとつい多くなってしまう。やっぱり持って帰るのは少しだけにして配送してもらうことにした。

シリル様も店の人にあれこれ尋ねたり、屋台の雑貨を検分して武器っぽいものを購入したりしている。噂話なんかも積極的に聞いているみたい。

デートなんて言ってたけど、やっぱりお仕事っぽい。

そう思いつつも楽しかった。

それに、ついに見つけたのだ。

異国の珍しい食材がいろいろ並んでいる屋台で、探しに探した、黄緑《きみどり》色の茎のような根のような物体！

「シ、シリル様……これ！」

「どれだ……、ああワサビか珍しいな」

知ってた！　まあこの世界の固有名詞って、わたしにわかるように翻訳されるから、シリル様の口から出た単語は違うものかもしれないんだけど、さらっと名前が出るということは、彼は前からこの存在を知っているってこと！

「カタビアのラーニャ地方の特産品だ。涼しくて綺麗な水のところでないと育たないと聞いたことがある。俺も現地でしか口にしたことがない。ぴりっとして独特の味だが、俺は好きだ」

推測した以上に詳しい説明がもらえて、しかも彼もこれが好きだとわかってテンションが上がってしまった。

「わたしも好きなんです。これ。少しでいいからなんとか栽培できないでしょうか」

「これは地下茎だろう。子株等で増やせないか？　主人、これの栽培は秘伝だろうか？」

「特にそんなことはないです。そもそもそれは育てるのに適した気候がありますからねえ。で、この国はそうじゃない。実験的にちょっと増やすくらいかまわないと思いますよ」

「では頼む。紙にでも書いてくれないか。代価は払おう」

「お願いします。この国ではそもそもこれ、食べた人が少ないんです。少し増やして美味しさを広められたら、きっと輸入とかの道も開けるのではないかと……」

わたしは、思わず言ってしまってはっとシリル様の顔を見た。

か、勝手なことを言ってしまったかしら。

でもシリル様はすぐに頷いてくれた。

「ああ。この味を好むものが増えれば需要は増えるはずだ」

「そうですかい。それじゃ思い切ってサービスしようかな。ここにあるワサビ全部お買い取りで栽培方法のメモはタダ！　ってことでどうですか？」

抜け目ない店主さんの提案にシリル様はあっさり頷いた。

「いいだろう」

「えっ、大丈夫ですか」

見たところ、けっこうな量があるけど……王宮の厨房で使ってもらうにしても、ある程度保存しないと。ええと、水に挿したらいいんだっけ？

「大丈夫。保存方法もお教えしますよ、奥さん」

「本当ですか？……あ、いえ、わたしは奥さんってそんなんじゃ……」

とか、少し騒ぎにはなったけれども。

無事に大量のワサビとその栽培方法、その他いろいろなものの配送手続きをして、散策は終わりになった。

いつの間にか、陽が傾きかけて、でも市場はまだ賑《にぎ》わっている。

「帰りもなにか、食べていこうか？」

「いえ……あの」

優しく訊いてくるシリル様に、わたしは少しだけ勇気を出して言った。

手に持った荷物には、全部配送せずに手元に取っているワサビと、少しの食材が入っている。

「もしよかったら、なんですけど、わたしの家に寄っていかれませんか？」


うちには広い庭がないので公用の馬場、というか預かってくれるところにアンブローズを託して二人でわたしの家まで少し歩いた。

元の世界でいうと１ＬＤＫ？　たぶんそのくらいの家にシリル様を通してしまったわたしはドキドキしていた。

うわーこんなところにシリル様呼んじゃったよ！　というか。

そもそも自分の日常空間にシリル様がいるのが違和感があるというか。

でも、いつものように軍服とか文官服でない彼は少しだけ自分に近い気がして、だからこんなことができたのかもしれない。

大変な美形なのは変わりないから、うちの狭いキッチンに座られると、なんだかそこだけ光が差してるみたいでびっくりだけど。

シリル様は物珍しそうに小さな家の中を歩き回り、棚に飾ってある折鶴と、エレンと一緒に撮った写真（専門の人に魔術で印画紙に写してもらうのだけど、できるものは写真とほぼ同じ）なんかを手に取ってみてる。

わたしはそんな彼の様子を気にしながらも、買ってきたワサビをすり下ろして、ワサビ醤油を造り、とっておきのローストビーフやタマネギを出して、サンドイッチを作った。

それだけでは足りないだろうと、コーンポタージュやらサラダやらフライドポテトを添える。

王宮の食事に比べたら質素なものだと思うけど、きしめんを一緒に食べた仲だし！

思ったとおり、シリル様は「美味そうだな」と、あながちお世辞でもない表情でかぶりついてくれる。

「ん……これ、ワサビか」

サンドイッチを咀嚼《そしやく》しながら、すぐに気付いてくれた。

「はい。前の世界でこれがとても好きで、ずっと捜してたんです」

わたしは、顔をほころばせていった。

「なるほど。ワサビもローストビーフも知っていたが、こんなに合うとは思わなかった」

シリル様は、感心したように頷きながら、次々と並べられた料理をたいらげていく。

本当に綺麗な食べ方なのに、どうしてこんなに凄いスピードで減るのかしら。

わたしは、ちょっとびっくりしながらも、自分の分のサンドイッチを齧った。

うん、やっぱり美味しい。

ただのローストビーフでも美味しかったけど、ワサビ醤油の利いたものは格別だ。

じーん、としながらゆっくり噛みしめていると、こちらを見ているシリル様と目が合った。

「な、なんですか？」

「いや、昼間のときも思ったが、美味しそうに食べるな、と」

過労で倒れたときは無理して食べていたようだから、なんだか安心したんだ。

しみじみと言われて、ちょっと赤くなってしまう。

この間、ユーシス様達とお茶をしたときもそうだけど、この人はわたしのことをよく見てくれている。

「あのポートレイト」

シリル様は、棚の上にあるエレンと撮った写真を指差した。

「この世界に来て初めて撮ったものか？」

「初めてというか……写真を撮ったのはあれだけ、ですね……」

それもエレンに熱心に誘われて、渋々、という感じだ。あんまり写真は好きじゃなかった。

「そうか」

シリル様は、わたしを見つめてちょっと切なそうに目を細めた。

「こちらに来て二年ちょっと、か……ユウカはずっと一人で生きてきたんだな」

「え……急に、何を……」

そんなことは今更だ。

召還されたときはシリル様に声をかけられてほっとしたし、マダム・ギースの施設にお世話になった。エレンという親友も、その他にも仲のいい人知り合いは沢山できた。

元の世界にそれほど未練はないいし、そもそもあのままだと死ぬしかない運命だ。

不満なんかない……まして、この間、聖女に比べて幸せな方だと認識したくらいなのに。

似たようなことはシリル様にも語ったことがあると思うのに……。

どうして、あの写真一枚で……。

シリル様が椅子を立ちあがって、わたしの傍に来た。

座ったままのわたしをそっと抱きしめる。

それは恋人を、というよりは小さい子を慰めるような優しい抱擁《ほうよう》だった。

「俺の家には、俺が幼い頃母と父と一緒に撮った写真が、今の写真と一緒に並んでいる」

「そ、そんなのは、たまたまで……」

そもそも元の世界でも、わたしの家にそんなものはなかった。

「ユウカの家にその種類のものがあったかどうかは知らない。けれど、どうあろうと君は、すべておいてこなければならなかったのだろう？」

シリル様がわたしを抱く腕に力を込める。とても愛《いと》おしそうに。

「ユウカがそれほど贅沢《ぜいたく》を好まないのも、慎《つつ》ましいのも知っている。だがそれでも……この部屋には物が少なすぎる。実家を出て一人暮らしを始めた者ならわかる。だが君にはここ以外に帰るところがないのに……今まで気付けなくて悪かった」

「それは……」

一人暮らしにそれほど物は必要ないし、散らかるのが嫌いなだけだ。

それ以外に理由なんてない。

「幼い頃を知っている者も、幼い頃親しくした者も、幼い頃過ごした土地を知っている者もいない。それはどれほど心細いことだろう」

「そんな、ことは……」

そんなことはない。そんなことを気にしたことはなかった。

それなのに。

抱きしめられて、優しく囁かれているうち、わたしは変に悲しくなってしまった。

「違います、わたし、そんな……」

「うん」

「父は、元々いない家庭でしたし、母とは縁《えん》が薄くて、本当に家族とは特に……でも……」

ダメだ。心の底に仕舞い込んでいたものが溢れ出してしまう。

「ちょっとだけ……突然、二度と帰れなくなることがあるなんて思っていなかったから……」

幼い頃に通った幼稚園も、学校も。

育ってから馴染んだ町並み。行きつけの店、親しくなった人。

すべて突然なくなってしまうのは、こんなにも宙ぶらりんで、地に足がついていない感じがするものかと……。

そう思いながら、言っても仕方ないから呑み込んでいた。

言える相手も、同じ気持ちを分かち合える相手もいなかったから。

死ななくて済んだんだから。

ここはとても良くしてくれて、優しい場所だから。

胸の底に沈んだ不安と寂しさには、気付いていながら気付かないふりをした。

それをどうして……この世界の人であるシリル様が見抜くのだろう。

「今まで、ユウカが何を怖がっているのか、よくわからなかったんだが……」

シリル様はわたしの背中をそっと撫でながら穏やかに語った。

「君はとても強くて地に足をつけてしっかりと生活しているように見えるから、俺のことを嫌ってはいないようだから、どうしてこの手を取ってくれないのかわからなかった……」

彼は小さく息をついて、ちらりとエレンと撮った写真の方を見た。

「この部屋を見てわかった。――君はまだこの世界を恐れているんだな」

「そんなっ……」

わたしは思わず、顔を上げてシリル様を見た。そんなはずはない。

この世界で生きていたくないなら、あちらの世界での死は選べた。

わたしはそうしなかった。

その選択を、わたしは一瞬も迷わなかったし、一度も後悔しなかった。

生きていくにつれ、異世界からの召還者に手厚いこの国と、この国の制度に深く感謝して、この国が好きになった。

こんなわたしでも少し恩返しできるなら、そうしたい。

そう思っていたのに……そんな。

シリル様はわたしの目を見て優しく笑った。

「いいんだ。愛していることと恐れないことは違う。怖がってもいい、恐れてもいい。君はまだここに生まれて二年目なんだから。とまどって当然なんだ」

「生まれて……？」

「そうだ」

シリル様は力強く言った。

何故かその言葉はストンとわたしの中に落ちてきた。

そう……なの？　いえ、そうかもしれない。

こちらの世界に来てから二年、というのはただ引っ越してきたとか、新しい生活が始まったということじゃなくて。

この世界に初めて出会った、ということだから。

生まれてきた、と言えるのかもしれない。

元々、死んで生まれ変わったようなもの、と思っていたのだから、それはそう。

だったら……まだ、少しは、ぎこちなくてもいいのだろうか。

わたしは、シリル様に抱かれながらも、自分は垂らしているだけだった手をそっと上げて、彼の胸元の布を掴んだ。

「恐れている、つもりはなかったんです……」

わたしは、小さく呟いた。

「でも……そう考えると、少しだけ緊張していたのかもしれません」

お世話になった人も、仲良くなった人もいるけれど。

この見知らぬ世界で、自分は一人だから……一人で生きていかなければいけないから。

ずっと気を張っていて。

友達ならいいけれど、誰かの手を取るのは怖かった。

誰かに頼ってしまったら……二度と一人で立てなくなりそうで。

だけど、もう、手遅れかもしれない。

わたしはシリル様の目を見つめた。

初めてこの世界に来て心細かったとき、この青灰色の目に慰められた。

すごい人だと知って、遠い人だと思って、心の距離は少しだけ開いてしまったけれど、この目のことを忘れたことはなかった。

そして今日……一緒に、買い物に回って、一緒にご飯を食べて、わたしの部屋でこうしていてくれる。

わたしでは釣り合わないいんじゃ、という思いはどうしても消えないけれども。

それでも……この人の傍に居たい。

言葉にならない思いを抱えたまま。

ただシリル様の服を掴んだまま黙っているわたしに、シリル様も何も言わずに寄り添っていてくれた。

# 第四章

「うーん、こんな感じかしら」

大量のワサビを消費するためにはやっぱりこれ！　とわたしは、あやふやな知識で、お寿司の作成に励《はげ》んでいた。

厨房の皆さんと相談して、試行錯誤したあげく、なんとかスシ飯的なものの錬成に成功したので、あとはネタを用意して握るだけ。

もっともその〝握るだけ〟っていうのが、何年も何年も修業した末に、身に付けるものなんだよね。

遠い昔に、ちょっと贅沢して回らないお寿司屋さんで食べた味を思い出す。思わず唾を呑み込むけど、ないものねだりをしても仕方ない。

ついこの前まで、ワサビも手に入らなかったんだから上々だ。

こんな感じかなあと握ったシャリ飯に、あらかじめ磨り下ろしておいたワサビを塗ったネタを載せていく。

ネタはお刺身……は、すぐには難しいから、ローストビーフとか鳥の照り焼き。焼いたお魚やエビも用意した。あとワサビは付けられないけど卵焼きとか。

お刺身も、朝市が有るときなら、二、三種類は手に入るって言われた。

「へえ……綺麗なものねえ。見てて楽しい」

わたしが新しいものを作るというので見にきたエレンが感心したように言う。

「うん、もっと簡単に、こういう味つけしたご飯と、ネタと海苔を用意して、各自で巻いて食べる方式もあるよ」

「なにそれ、面白そう」

言いながら、エレンと手伝ってくれた人達数人で、お茶を淹れて試作品を食べた。

「んっ、なにこれ、辛《から》い？」

エレンが、わたしの指示したとおりにちょっと醤油をつけたエビのお寿司を口にして、眉を顰めた。

「それがこの緑色のものの風味なの。お魚とかの生《なま》ものがすぐに悪くならないようにする殺菌効果があって、味もアクセントになると思うのだけど、苦手な人は苦手だからこれを入れない食べ方もあるよ」

めた。他にもびっくりしている人がいる。

「ふうん。食べ慣れないからびっくりしただけで、悪くない気がする」

エレンはもぐもぐと口を動かして考えながら言った。

他の人たちも美味しいっていう人と苦手だって人が、八対二くらいでいた。

ここに居るのは新しい味に探求熱心な人達ばかりだから、他の場所ではもっと苦手な人が多くなりそう。

でもすごく気に入って、わたしが作ったものにさらにワサビ追加してる人もいたから、広まるといいな。


みんなとわいわい作ったり食べたりした後、特に出来がよいものをいくつかお皿に並べて、シリル様の執務室に向かい、わたしはちょっと息を吸った。

二人で出かけてから五日経《た》っている。

あの後、少し泣いてしまったわたしに、シリル様はずっと寄り添ってくれて、落ち着いたら何事もなかったように帰っていかれた。

翌日、すぐに御礼とお詫びをしたかったけれど、シリル様はあの日、やっぱり少し無理して時間を作ってくれたみたいで、あちこちに出かけていて顔を合わせる機会がなかった。

今日はやっと落ち着いて部屋で執務をしてるはず……。

わたしも思いがけず与えられたこの猶予《ゆうよ》のおかげで気持ちが落ち着いたような気がしていた。

まだちょっと、どんな顔をしたらいいかわからないけれど。

彼に会いたい。

自分がまだこの世界に本当には馴染んでいないことにようやく気付いたわたしだけど、シリル様が居てくれれば、なんとかなる気がするのだ。

「失礼します」

頭を下げて入ると、窓を見ていたらしいシリル様が極上の笑みを浮かべて振り返った。

「ああユウカ。待っていた」

「え……？　あ、はい。食事ですね」

お寿司を作っていたことを誰かが教えたのだろうか。

もしかしてお腹すいてるのかしら。

デスクにお寿司のお皿を置き、急いでお茶の用意をするため身を翻《ひるがえ》そうとすると、シリル様に腕を掴まれ引き止められた。

「何か……？」

彼が真剣な目でわたしを見ている。

それをどうとっていいかわからず目を瞬かせると、彼がゆっくりと床に跪《ひざまず》いた。

わたしの手を取って、彼が優しく言う。

「あれからずっと考えていた。改めて言う。ユウカ。俺の伴侶《はんりょ》になってくれないか？　結婚して……ずっと傍にいてほしい」

きっぱり言った後、青灰色《せいかいしょく》の瞳が、切なげに揺れる。

「俺は君の不安を本当に理解することはできない。けれどこれから寄り添って生きていく手助けならできる。今日も明日も明後日も……一日ずつを一緒に生きて思い出を作っていきたい」

「シリル様……」

真摯《しんし》な言葉を向けられて、わたしは動揺した。

シリル様が薬に冒されて一夜を過ごした翌朝と同じシチュエーション。

でもわたしの気持ちが全然違っていた。

不釣り合いなのは相変わらず……でもこの人の傍に居たい……力になりたい、と思っている。

傍に……居てほしい。

ああ、そうか。

あのときは、「わたしでも力になれるなら」だった。

取るに足らないわたしだけど、あのときはわたししかいなかったから……役に立てると思ったから。

そんな特別な瞬間だから手を取った。

普段ならわたしなんか、って思ったと思う。

でも今は……。

シリル様が好き。

すごい美形だとか偉い人だとか、そんなことは関係なく、この人を好きになってしまった。

わたしが役にたてるから、じゃなくて、わたしが、この人を欲しいと思っている。

わたしよりもっと他にふさわしい人はいるかもしれない。

けれどこの人の隣を、もう誰にも譲りたくない。

シリル様にわたしが必要であろうとあるまいと、わたしにシリル様が必要だと感じる。

この人もそう思ってくれるなら……でも。

わたしは迷いながら言った。

「少しだけ……待っていただけるでしょうか」

シリル様は少し悲しそうに眉を寄せた。

「何故？　まだ俺が好きになれないか？」

「そうじゃないです！　でも……シリル様の奥様、とか。まだ覚悟が決まらなくて」

することはしてしまったけど、非常事態であったし、話が別だ。

それを別にすると、まだ、恋の入口に立ったかどうかってところ。

結婚とか、大きな問題はまず横に置いておきたい。

シリル様はちょっと目を見開いた。

しばらく考えるように黙り込み、まずは床から立ちあがる。

立ち上がってわたしの腰に手を回して引き寄せる。

こういうとこ、なんだか手慣れてるのよね、この人……。

いいえ、過去のことなんて気にしませんけど！

シリル様は、腕の中のわたしを見下ろして、甘く目を細めた。

「それは……俺の恋人になるのならありということか？」

「それは！　その……」

直球で言われると答えに詰まる。でも、そういうことかもしれない、と思う。

することもして、デート？　みたいなこともして今更だけど、でも……。

今の今まで、わたしの気持ちが定まっていなかったから。

そういう……ことだよね。

意を決して、こくんと頷くと、シリル様は破顔した。

「そうだな！　恋人にならずに、すぐ結婚するのもつまらないな」

「そ、そういうわけではなくて、わたしの覚悟の問題なんですけど」

「いい。ユウカが俺を受け入れてくれるだけで幸せだ」

シリル様は、わたしの額《ひたい》にそっとキスをした。わたしが彼を見上げると、待っていたように、頭に手を回され、再び唇が降ってくる。

唇と唇が合わさった。

滑らかな舌がゆっくりと入ってきて口の中を掻き回すけれど、そこまで情欲を煽《あお》るものではな

く、ただ深く、穏やかな口付けだった。

幸せ……。

シリル様とは二回、ベッドを共にしたけど、そんな風に思うのは初めてだった。

わたしは腕を伸ばして、シリル様の背中に手を回した。

すらりとして見えるのに、その身体には厚みがあって、腕の中に閉じ込められると安心できる。

「好きです」

自分よりかなり背の高い人の耳に、背伸びするようにして、わたしはようやく言うことができた。

「俺は、ずっと前から愛している」

厳《おごそ》かに告げられて、わたしは赤くなってその胸に顔を埋めた。


「そっか。よかったねえ」

昼食時にシリル様とのことをエレンに報告すると、あっさり受け止められて少し拍子抜けした。

「だってユウカとシリル様、前から付き合っているようなものだったじゃない？」

ここまでに至るあれこれをほとんど知っているエレンに言われると、はいそうですね、という気になる。

そうなんだけど……。ここまで来るのがいろいろ大変だったので。

エレンはうんうんと頷きながら、わたしの肩を叩く。

「ユウカはそういう感じだから、わかってくれる人でよかったね。苦労するとか言ってたけど、お互いに通じ合ってれば大丈夫よ、きっと」

何を言われたのか、一瞬わからなかったわたしは、ようやく思い出すと慌てて手を振った。

「い、いえ、その、結婚とかの話はまだよ！」

シリル様には直球に申し込まれたけど、わかってもらったし。

「えええ、そうなの？　ちょっと往生際《おうじょうぎわ》が悪いんじゃない？」

「だって……まだ、始めたばかりなんだもの」

ずっと仲良くしてくれたエレンにも、言えないこと。

この世界でわたしは、言わば生き始めたばかりで、恋を始めたばかりだ。

周りからどう思われようと、自分のペースで進めたい。

エレンはちょっと首を傾げてわたしを見つめてから笑った。

「ふうん……。よくわかんないけど、まあユウカが生き生きしてるからいいか」

「エレンこそ、その……どうなの？　ユーシス様と」

わたしは遠慮がちに聞いた。前、お茶したときは仲良しなように見えたけど、エレンからなんの報告もなかったので少し気になっていた。

発展したならエレンは教えてくれるはずだと思ってるので。

「うーん、どう言ったらいいのか……持久戦《じきゅうせん》になりそう」

「持久戦って……」

「脈はなくもないけど、まだ観察されているというか、出方を見られている感じなの」

「そんな……告白はしてないの？」

「したわよ。勿論。そうしたら今はちょっと保留にしてください、って言われたの。確かに振ったり、付き合って別れたりした女性を身近において護衛をするのって気まずいもんね」

「そう……なのかな？」

一見、もっともらしく聞こえるけど、ユーシス様だったらビジネスライクに対応しそうな気も。

「うん、わかってる。だから持久戦」

エレンは瞳をきらめかせた。

「こっちだって、もうやめたいと思ったらそう言えばいいだけだもの。ユーシス様を好きな限り、向こうからはっきりお断りされない限りはアプローチするわ」

あくまで前向きな彼女に溜息が出る。

「はあ……エレンはやっぱり凄いな」

「別に恋以外でも、やりたいことはいっぱいあるしね……そうそう。わたし、聖女のドレス作るの頼まれちゃった！」

「ええ!?」

いきなりな情報に、わたしが驚くと、エレンは楽しそうに笑った。

「向こうはわたしが作ったドレスだって知らないからわたしが着てたドレスを作ったデザイナーを指名してきたのだけど、そのドレスで夜会に出たいらしいの、ユーシス様のエスコートで！」

「えっええっ？　ちょっと待って！　なんでそんなことに」

聖女が逆ハー目指して、複数の男性と関係しているのは知ってるけど、王宮では王太子様と付き合ってるんじゃなかったかしら。

「なんでも王太子様公認らしいよ。王太子様本人にその二人に頼んでみてくれっておねだりしたんだって。なかなか大胆よね」

「でもエレン……」

好きな相手が逆ハーの野望を持つ美少女のエスコートをすることになって、そのドレスを作るなんて……複雑じゃないかしら。

「やだなあ。そんなに焦らなくても大丈夫よ。ユーシス様も包み隠さず教えてくれてるし。お仕事の範囲だって」

エレンは明るい調子で言う。

「それより聖女って、今現在、王妃様とならんでファーストレディみたいなものだもの。絶対目立つでしょう？　元々容姿はとてもいいし。すごく作りがいがあるわ」

あ、これ本気だ……。ライバルだからって手を抜く気とか微塵《みじん》もないのね。

エレンの興奮と闘志《とうし》に溢れているらしい目の輝きを見てわたしは脱力した。

とりあえず心配する必要はないらしい。

「で、しばらくドレスの製作にかかりきりになるから、ユーシス様にも了解もらって侍女の仕事、お休みするわ。ユウカとご飯もあまり食べられないかも」

「任せて。時々、差し入れにいくね」

「やったー。期待してる」

エレンと会えないのは少し寂しいな、と思いながら、わたしは彼女と別れた。

§

ほどなくして、王宮全体が慌ただしい感じになった。

聞けば、国境付近の魔物や魔獣の跳梁《ちょうりょう》がいよいよ激しくなってきたのだという。

近隣の都市は避難や移転を余儀なくされ、輸出入にも支障が出ているのだと聞いた。

聖女が遊んでいるばかりで務めを果たしていないのではという陰口も一時は囁かれたけど、聖女の養父であるハンゲイト公爵によってきっぱりと否定された。

魔物が増えたのは、この国より隣国ネイシスが乱れているせいであり、むしろ聖女はよくそれを食い止めているのだと。

ネイシスとはこの数十年、直接的な戦闘はないけれど、友好的でもないという。

国境で魔物の進行を食い止めている騎士団長も公爵に同意して、聖女への非難は収まった。それより元々あまり馴染みのない隣国への不満が高まる。

「それ……確かな情報なんですか？」

「ネイシス方面からやってくる魔物が多いのは確かだが……なんともな」

ネイシスに潜入している内偵、のような立場の人からはネイシス国内が特に乱れているわけではないという情報が寄せられているという。

騎士団長も聖女の取り巻きの一人でなので彼の言葉もあまり信用できないけれど、今、聖女を糾弾してどうなるものでもない。

むしろ国の護《まも》りの象徴である聖女の不調の噂は人心の不安を煽る、ということでシリル様もユーシス様も放置することにしたらしい。

国境は国境だけで食い止めて、これ以上、国内に被害が及ばないように、二人ともかけずり回っているようだった。

わたしはともかく無理をしない、危ない真似はしないようにと厳しく言われていたけれど、できることはしたいと訴えて、浄化薬の製作を一日二本から、三本に増やしてもらった。

それ以上は絶対にダメと言われたので、せめてとばかりクッキーだのマドレーヌだの簡単にできるものを大量に作って、王宮の皆に配りまくっている。

それ以外はシリル様の間食とかお夜食を作ったり、部屋の掃除を念入りにしたりするくらいであまりできることはなく、じりじりしてしまう。


「君がここに居てくれることが大事なんだ」

シリル様にねだられてソファで膝枕をしているときに、不安を洩らすとそう言われた。

あれからシリル様とは二度ほどキスしただけですれ違ってばかりいる。

一緒なのは、こうして仮眠を取る彼に付きそうことくらい。

国を守るため東奔西走《とうほんせいそう》しているシリル様に不満などあるはずもなく、ただただ倒れてしまわないか心配してるんだけど。

「わたし、聖女アズサと話はできないでしょうか……」

ここ数日、考えていたことを言ってみた。

自分がこの世界に、本当にはまだ馴染めてないと自覚してから、真っ先に彼女のことが頭に浮かんだ。

最初、来たばかりのときは確かに心配していたのに。

現実をゲーム感覚で人をまるでトロフィーみたいに扱い、落として自分に侍らせる道具にしている姿に呆れて、自分とは違うと気にしなくなった。

シリル様に媚薬を盛ったりしてからは余計に。

けれど、あの子もわたしと同じなら。

元いた国を懐《なつ》かしんで、新しい環境に恐怖を抱いて、悪い人に、悪い方へ悪い方へと誘導されているのだとしたら。

わかってあげられるのは、わたしだけなのではないだろうか。

「そうだな。すべて解決できたら、それもありかもしれない」

シリル様はそう言った。

「けれど無理だろう。今、この状況で何を言っても、君の言葉は彼女に届かない。せめて元凶と引き離してからでなければ」

「はい……」

シリル様は優しいけれど無理なことをできるとは言わない。あくまで冷静に判断してみせる。

こういうところが有能な宰相たるゆえんなのかしら。

わかっていても、自分が手をこまねいているしかないことに歯がゆさが募る。

そんなわたしをどう思ったのか、シリル様は小さく笑って、横たわったまま手を伸ばしてわたしの髪に触れた。

「ユウカは積極的になったな」

「そうですか？」

前と特に、変わったような気はしていないのだけど。

「ああ。以前ならそんなふうに、自分から何かしようとジリジリはしていなかった。目の前にトラブルがあれば、聡明に対処《たいしょ》してくれたが」

そうかな……そうかもしれない。

わたしなんか、と思うことは少なくなった。実際、ただの庶民だからできることは限られてるけど。何かしたい、とは思う。

「それなら、シリル様のが移ったんですよ。きっと」

「俺か……？」

不思議そうに首を傾げる彼に笑いが出てくる。

いつもいつも国とか皆のことを考えて、仕事を山のようにこなすシリル様を見ていると、彼が大事にしているものを自分も……と思うのだ。

ああそうか。

わたしは、今、シリル様を通してこの世界にかかわろうとしているのかもしれない。

大事な人だから……特別な人だから、この人が愛するものなら、自分も愛せると思うのだ。

そう考えると、思いついたことがあった。

わたしは、わたしの膝の上で、うとうとしているシリル様に、そうっと、自分の考えを話すことにした。

§

その日の夜会は、ユーシス様とシリル様が二人して聖女をエスコートしてきたので、すごい騒ぎになった。

ユーシス様は、この間使ったサクラをまた集めたらしい。

確かに、そう思って聞いてると、なんとなくわざとらしい。

でもそれはわかっていてこそ、なので、意識しなかったらすごい盛り上がりだと思うだろう。

エレンが物凄い熱意で製作した白いドレスは、聖女の大人びた魅力と清楚な清らかさを両方伸ばす優れもので、皆、国を支える聖なる女性の神々しさにうっとりしていた。

ここに来る前、ユーシス様がエスコートの条件として、禊《みそぎ》にも強制的に連れていったらしい。

かなり久しぶりに冷たい水の中に浸《つ》けられた聖女は、金切り声を上げて文句を言っていたらしいけど、終わった後、タオルに包まれて温められると体調がよくなったらしく、だいぶ大人しくなっていたとか。

エレンが実際に聖女がドレスを着用しているところを見たいというので、わたしも付き合うことになり、シリル様が推薦した近衛隊の適当な人に連れてくるだけ連れてきてもらった。

首尾良く入場した後は、ダンスをすることもなく隅《すみ》で大人しく見物だ。

目立たないようなドレスにしたのもあるが、ユーシス様が認識疎外の指輪を用意してくれたのもあって誰にも気にされない。

聖女も実はすぐ傍を通っていったのだが一顧だにされなかった。

今までなかなか自分に構ってくれなかったユーシス様とシリル様に付き添われ、皆に喝采された彼女は得意満面だった。

国王陛下に挨拶をした後、国境付近の瘴気の浄化のため、用意された場で特別な祈りを捧げる。

「すごい……」

最近、浄化薬を作るせいか、わたしにも聖女の力が圧倒的で、周りに影響していくことがなんとなく感じ取れた。真っ白なドレスなのも相まって、本当に天使みたいだ。

禊《みそぎ》をしたとはいえ、聖女自身の穢れは一回きりではすべて浄化できたとはいえない。

穢れを貯め込んだ状態でこれなのか……。

聖女の聖女たるゆえんである儀式を目の前にして、周囲の人達が彼女へ改めて崇敬《すうけい》の念を抱くのがわかる。

自分でもそれを感じるのか、聖女は頬を興奮で紅潮させ、嬉しそうだった。

「ああして見ると可愛いものだけどねえ。お店によく来ていた乗せやすいお客様と一緒。わたしがドレスの採寸にいっても、ちょっと地味めに変装しただけでまるで気付いてなかったし」

「ふふ」

エレンの感慨は、いちいち鋭くて笑うしかなかった。

実際、聖女が単純で助かった。

禊とか浄化の儀式自体をパフォーマンスにしてしまえば、聖女は乗ってくるのではないか。

わたしがシリル様に言ったのはそれだった。

情報がどう操作されようと、実際問題、国境の浄化が遅れているのは、聖女に原因があるのは間違いないようだ。

それは恐らく、彼女が禊をさぼり、呪詛や誘惑《チャーム》にかまけて、浄化能力自体が衰えているからだろう、という推測も……。

だったら聖女に、自分から禊や浄化を行うようしむければいい。

ユーシス様やシリル様の思惑からくるものであっても浄化は浄化だ。

一度くらいでは焼け石に水かもしれないが、聖女が本来の自分の在り方を思い出してくれるかもしれないし、少なくとも悪くはならない。

わりと思いつきだったけど、計画通りになってほっとした。

「でもさ。ユウカは後でシリル様にベタベタしておきなさいよ」

エレンが真顔になって言う。

「え、ベタベタって……何が？」

無言でエレンが顎で差した先には、シリル様が広間の中央で聖女と滑るように踊っていた。

白いドレスの彼女は、最初見たときの白雪姫めいていて、映画のプリンセスのようだった。

改めて見ると美男美女で、お似合いの二人だとは思うけれど、シリル様はこの状況で聖女に目移りするような人ではないので、そこまで気にしていない。

そう言うとエレンは、違う違うと手を振った。

「ユウカじゃなくて、こういうのはシリル様が気にするの！　それにシリル様に向かって、気にしてないとか言ったら絶対、ダメだからね！」


国境辺りが大変なこともあり、夜会はいつもより速く閉会するようだ。

特にシリル様は聖女と踊った後、早々に退出したらしい。それを聞いたわたしは、慌てて自分も広間を出てメイド服に着替えた。

退出時間と最近の忙しさから考えるに、シリル様はまだ仕事をするつもりだろう。

夜会のメイクを落とし、手洗いをして夜食のおにぎりを作る。

湯気の立つシジミの味噌汁と、おかかと明太子のおにぎりの載ったお盆を持って執務室に行くと、灯《あか》りがついて書類もデスクに拡げられているのに、シリル様の姿がなかった。

きょろきょろと見回して、庭へ出るテラスの扉が小さく開いているのに気付く。

疲れたときにたまに彼がそこから外の空気を吸いにいくことは知っていた。

「シリル様……？」

わたしはお盆を持ったまま、庭園の小道を歩いた。

空には細い三日月がかかっていた。魔法灯がそこかしこに灯っているので、そこまで暗くない。

ここではないか、と思った四阿《あずまや》に、すぐにシリル様の姿を見つけてわたしはほっとした。

てっきり仕事の書類を持ち込んでいるのかと思ったのに、今日は本当にぼうっとして庭を見ているだけのようだ。

「ユウカ？　夜会に行ったのだろう。今日は帰ってよかったのに」

わたしが近付くと、すぐに見つけて声をかけてくれる。

優しく微笑んでくれるのが嬉しい。

「シリル様こそ……夜会お疲れさまでした。お腹は減ってますか？」

わたしがお盆を差し出すと、シリル様は嬉しそうだった。

「ああ、ちょうど空腹だったから助かる」

「……えーと、これ、本当に必要なんですか？」

「ああ、すごく必要だ」

シリル様がしれっと言う。わたしは彼の膝の上に乗せられ、その口元におにぎりを差し出していた。シリル様は邪魔なのか、髪をちょっと耳にかけて、それに齧り付く。

夜会で聖女と踊ったときにまた誘惑《チャーム》の魔力をかけられたようなので、大事を取って外で休んでいたそうだ。

それを打ち消すために、わたしに触れてほしい……って。

聖女の誘惑《チャーム》なんてシリル様とユーシス様が対策してないはずもなく……外で休んでいたのはともかく、最初はわたしは来なくてもいいと言ったくらいだからこんなのは必要ないはず……なんだけど！

デスクに放りっぱなしだった書類を思い出し、わたしを膝に乗せて目茶苦茶ご機嫌な様子を見ると無碍《むげ》にもできず、こうして言われるがまま食べさせているというわけ。

「そういえば聖女に禊と浄化をしてもらう作戦、うまくいってよかったですね」

「あ、ああ、ユウカのおかげで助かった」

シリル様の顔に一瞬、影がよぎった。わたしは首を傾げる。

「もしかして、うまくいかなかったんですか？」

「いや……作戦自体は成功なんだが」

シリル様は、息を吐いた。

「国境の浄化に目立ったような変化がなく、聖女の疲弊《ひへい》が思った以上だったようだ」

「え……」

あんなにすごい力を感じたのに？

わたしが驚くとシリル様は浮かない顔で言う。

「聖女が本調子だったらあんなもんじゃない。俺もユーシスも、聖女に禊を受けさせて本人の心持ちさえ正せれば元通りになると思っていた。だが、もしかするとそれは隠れ蓑《みの》だったのかもしれない」

「隠れ蓑……ごまかしってことですか？」

「そう。聖女の力の衰えは聖女自身のいいかげんな行動の結果と思わせて、実はもっと別の手段で彼女の力を損なっている疑いがある」

「そんなことが可能なんですか？」

「ああ。穢れの多い食物を毎日、食べさせるとか、力を別なことに使わせるとか、だな。ともかくそれがわかっただけでも収穫だった」

「でも……聖女によくない食事をずっとさせるとか、力を余分に……って、聖女の家の人にしかできない、ですよね」

はっきり言えば、ハンゲイト公爵にしかできなさそう。

シリル様は頷いた。

「それについては国王陛下から勅命をもらって手配中だ。心配は要らない」

シリル様は話しながらも、差し出したおにぎりを全部食べてしまったらしい、足りないとでもいうように、わたしの指を舐め上げた。

「ちょっ、指は食べないでください！　あ、お代わり持ってきますか？」

「もう十分だ。それより……」

シリル様は、わたしの手首を捕らえて、さらに手を舐《ねぶ》る。

「やっ……こんなところで……」

「ユウカの手は甘いな……」

シリル様はひとしきりわたしの手を舐め回したあと、大きく息をついて抱きしめてきた。

「ああ、ユウカの匂いだ……落ち着く」

すん、と鼻を動かしていうので焦ってしまう。

「わ、わたしの匂いって……」

それはもしかして、おにぎりとか、お味噌汁の匂いじゃないだろうか。

膝に乗せられているのでいつもとは目線が違い、私が上からシリル様を抱いているような感じになる。

本当に必要か否かはともかく、シリル様がとても疲れているのを感じたので、背中に手を回してぽんぽんと叩いてあげた。

シリル様がわたしの胸に顔を埋めて、ぐりぐりと頭を押しつけてくる。

くすぐったいやら恥ずかしいやらでどういう反応をすればいいのかわからない。

迷いながら夜の闇に包まれた周囲を見回し、そうしてやっとここに、おにぎりじゃない甘い匂いが漂っているのに気が付いた。

「花の匂いが、しますね……」

わたしは感じたことを口に出した。

シリル様も言われてようやく気付いたという顔で、少しだけあたりに目をやった。

「秋薔薇のシーズンだからな……」

「薔薇の……」

道理でなんだかゴージャスな香りだ。庶民なわたしとは縁遠い。

シリル様が良いことを思いついたというように、楽しげに言った。

「うちの屋敷にも、黒薔薇のいいのが咲いている。今度ユウカにも花束にして送ろう」

「わたしは薔薇はちょっと……」

そんな華やかなものは似合わない。

ちょっとだけ、今日のシリル様と聖女の煌《きら》びやかなダンス姿が胸をよぎった。

「似合う似合わないではなく、好きか嫌いかだろう。薔薇は嫌いか？」

「嫌いでは、ないですけど……」

似合わないと思いつつ、やっぱり綺麗だと思う。

「なら身の回りに置いておくといい。敬遠するとよりそぐわなく感じるものだ。自分にぴったりなものだけを身に付けるのでなく、少しだけ背伸びをした格好をすると、だんだんそれに合わせて立ち居振る舞いがふさわしくなるものだと母が言っていた」

「カミーユ様が……」

艶《つや》やかなシリル様のお母様の面影が蘇る。だったら試してみようかな……。

シリル様はふっと笑った。

「もっとも、俺は今でもユウカに薔薇は似合うと思うがな」

そう言って、彼はわたしの頭に手をやって引き寄せて口づけてきた。

「んっ……」

舌を絡ませ合うような深いキスにも、ようやく慣れてきた。

シリル様の肩に手を置いて彼に応《こた》える。

口腔内を舐め上げられ、歯茎を刺激されると、身体全体がほんのり熱くなる。

長く続いた口づけを解くと、シリル様がわたしの頤に手を添えて、目を覗き込んできた。

「ほら、頬が薔薇色に染まってとても綺麗だ。どんな花よりも美しい」

「もうっ……お世辞でも、恥ずかしいです」

わたしは、シリル様の肩を突いた。

そんなこと、美女も裸足《はだし》で逃げるような綺麗な顔で真面目に言わないでほしい。

「お世辞なものか。俺はいつでも君に迷っている」

シリル様は言いながらわたしの背中のホックを器用に外すと、首元に手をやってドレスの身頃をシュミーズごと半ば引き下ろしてしまった。

「きゃっ……」

暗がりの中とはいえ、こんな外で胸元を露《あら》わにされて私は悲鳴を上げる。

「や、やめてください、こんなところで！」

慌てて胸を隠すと、シリル様は首筋にキスを落としながら囁いた。

「隠さなくていい、俺以外、見ていない……」

「あっ……」

背中を撫でられ首の付け根を吸い上げられると、ぞくぞくと背中に刺激が走る。

「ユウカ……お願いだ。ずっと触れたかった……」

耳元で熱く囁かれて、蕩《とろ》けてしまいそうだ。

いつも最初は、拙いなりにわたしから誘惑していたから、シリル様にこんなふうに求められるのは初めてだった。

わたしが……好きだと言ったから？

思い至るとさらに身体がうずうずする。恋人……この人と恋人になったのよね、わたし。

だけど、それ以前にこういうのに経験がなさすぎて、どうしたらいいのかわからない。

迷っている間にもシリル様の手が胸に置かれ、柔らかく揉んできた。

思わず声が出そうになって、唇を噛《か》む。

「でも、でも、誰か来たら……」

「来ない。結界を張った……」

「疲れてるのに、そんなことして……」

「ユウカを触っている方が、元気になれる……」

言いながら、シリル様が乳頭を口に含んでくる。

「んっ……」

舌でころころと転がされて、じゅうと吸われて、すぐに固くなってしまう。

シリル様の手が、スカートを捲《めく》りあげ、太腿を撫で回した。

しばらく脚をなぞった後、付け根のあたりを探ってくる。

「あっ……やっ……」

「もう濡れているな」

シリル様の指が下着の中に入り込んだ。じゅわりと蜜を滲ませた亀裂をなぞったかと思うと、指がそこに押し込まれる。

「ああっ……」

「腰を少し上げて、そう……いい子だ」

囁かれてふらふらと従い、膝を立てて腰を上げると、下着が引き下ろされて、さらに指を入れ

られた。

「あっ……あっ……」

くちゅくちゅという水音が身体の奥から零《こぼ》れる。

中を掻きまぜられると、身体が熱くなって蜜が溢れた。

信じられない。

夜の庭園で、自分がこんなことをしているのも、それがシリル様の指示なのも。

「ユウカ……挿《い》入れてもいいか？」

シリル様が、熱い息をもらし、わたしの耳を囓《かじ》りながら言った。

「ん……」

よくわからずに返事をしてしまって、自分で驚く。

挿《い》入れるって……そういうこと、よね？

ちらりと視線を下にやると、彼がスラックスの前を開け、自身を取り出しているのが見えた。

シリル様がわたしの身体を支えるようにして自分に引き寄せる。

「ゆっくりでいい……腰を下ろして……」

「ん……」

わたしは手探りで、シリル様のものを掴んで自分のそこに押し当てた。

すごく緊張しているし、恥ずかしいけど、なんだか一生懸命だ。

シリル様のものも、わたしのそこも、ぬるぬるしていて、狙いを定めづらい。

何度か失敗して、ようやくそれが、ぬぐりと入口を割った。

「あ……」

大きなものが自分の中に入っていくのは、何ともいえない充実感があった。

「あ、あ、あ、……」

ずるずるとそれを呑み込んで、完全にシリル様の上に座り込む。

「よくできたな」

シリル様が息を弾《はず》ませながら言う。

綺麗な青灰色の目に、いつもとは違う……炎のようなものが揺らめいて、わたしは、ドキリとした。

彼がわたしに、興奮している。

わたしの中で……気持ち良くなってくれてる？

そう思うと、身体に火がついたみたいに熱くなった。

きゅうっと膣が締まって、中の彼をありありと感じる。

わたしもぞくぞくしたけど、シリル様も感じたみたいだった。眉根が寄せられる。

「自分で……動けるか？」

少し掠《かす》れた声。

「やってみます……」

シリル様の肩に手をおいて、ゆっくりと腰を蠢《うごめ》かす。

熱いものが、自分の中を擦って抜け出て、また受け入れる。

空気を巻き込んで、ぐしゅりと濡れた音を立てるのが、またいやらしかった。

全身でシリル様を感じている。

「んっ……」

「ユウカ……綺麗だ」

シリル様が、わたしの髪を撫でながらうっとりした声でいう。

密やかな声と、息遣いと、衣擦れの音と。

甘い薔薇の香りが漂う中、誰にも見られない暗がりの中で、夜はすぎていった。

§

あの男……何をする気だ。

あの茶番のような夜会から三日後。

俺は、緊急に集められた議会で、相手のふてぶてしさに腹をたてながらも、言われることを一言も洩らすまいと聞き耳をたてた。

発言者はハンゲイト卿《きょう》ブレンダン。

彼が引き取っている聖女が力の使いすぎで倒れてしまったというのだ。

同時に隣国ネイシスの方角から大量の魔物と魔獣が現れたという知らせが走った。

「ゆゆしき事態です。まずは国内の安全を確保するべきですが、いざとなったら開戦もやむをえぬことかと」

ブレンダンは重々しく語った。

俺はユーシスと目配せする。

国境付近の魔物の跳梁《ちょうりょう》が、聖女の力不足ではなくネイシスのせいだというのは、こいつが繰り返し主張してきたことだ。

今、それに乗ってしまえば、憶測《おくそく》にすぎないものが確定事項になってしまう。

俺は手を挙げて発言した。

「宰相シリル。発言を許す」

国王陛下が重々しく言う。

「待ってください。魔物の多くなった原因はネイシスにあると言われますが、その方角から来た、という以外に根拠はないのですか？　証拠もないのに安易に開戦などありえない」

俺の言うことに、多くの者が賛同を示した。

「そ、それは……聖女がお力を尽くしてくださっている以上、それ以外に考えられないと……」

発言がしどろもどろになった。

つい最近まで、議会は聖女が誑《たぶら》かしたものに埋め尽くされて彼の言いなりだったから、勢いで押すだけでなんとかなると甘く見ていたのだろう。

生憎《あいにく》、ユーシスと手分けして症状が軽いものに浄化薬を飲ませ、聖女と引き離しておいたので、今は大多数のものが正気だ。

とりあえず釘を刺すことはできたとひとまず追及はやめておく。

一瞬、静まりかえった議会だが、すぐにまたざわざわし始めた。

「それより聖女のお身体はどうなのです。いつから務めに戻れそうなのですか？」

「先日の夜会で国境の安全を願って、普段の務めより多く祈りを捧げられていたということですが……」

公爵は顎に生やした髭を弄りながら重々しく頷く。

「皆様、落ち着いてください。さよう。聖女はここのところの国境付近で被害が大きくなった災害に心を痛め、持てる力を振り絞って祈りを捧げられました。医者によると健康に問題はなく、一週間ほど安静にしていれば、とのことです」

安堵の溜息が皆から洩れる。

聖女は国の護りの要《かなめ》。

だからこそ、この男に良いように利用されているわけだが。

「健康に問題がないなら、倒れたのは穢れや魔力の欠乏によるものでしょう。公爵の邸におくより、神殿に来ていただく方がいいのでは？」

ユーシスが言うと公爵が眉を吊り上げる。

「何をバカな。我が家の治療に手抜かりがあるというのか！」

「そうは言ってないでしょう。ただ一番、いい道を模索しているだけです」

言い合いは続いたが、ブレンダンは何を言われようと聖女を邸から出すつもりはないらしい。

いよいよもって怪しいので、密偵を差し向けなければならない。

その他でも議会は紛糾したが、具体的な方策は何ひとつ決まりそうになかった。


恐らくシリル様が議会に出ていた、その二時間後くらいのこと。

わたしは王宮の一室に無理矢理連れてこられてとまどっていた。

王宮の廊下を歩いていたところを、王宮の騎士団とは違う、何やら偉そうな私兵らしき人に取り囲まれ、ここに引っ張ってこられたのだ。

この人達、以前、シリル様が媚薬を飲まされたときに周囲をうろついていた者たちに格好が似ている……。

気がついて、一気に緊張する。

「そなたが、巻き込まれて召還された者か」

質の良い物を使っているけれど、シンプルで機能的なシリル様の執務室と違い、通されたのは王宮の中でも、一際ごてごてして成金趣味な一室だった。

あー元の世界でもあったけど、ああいう趣味の悪い彫刻ってどこから調達するんだろう。

わたしは現実逃避気味に、マントルピースらしき台の上に置かれたお腹の膨れた男女が絡み合っている黄金の像を見つめた。

「どなたでしょうか……」

とはいえ、いつまでもそうしていられない。わたしは嫌々ながら、部屋の中央のデスクの椅子に腰掛けた、太った髭面の中年男性に問いかける。

「ふん。わしの顔も知らんのか」

男性は鼻を鳴らすけど、知らないから訊いてるに決まっている。

反抗的に黙っているわたしに、彼は面倒くさそうに言った。

「聖女の養い親といえばわかるか？」

ああ……やっぱり。今回の事件の黒幕と思《おぼ》しい人だ。

当たってほしくない予感がまさにどんぴしゃりで、げんなりしつつも礼に沿って頭を下げる。

「失礼いたしました。ハンゲイト公爵閣下。わたしに何の御用ですか」

相手の正体は知れたが、ますます油断できない。公爵は立ち上がって、わたしの近くに来たかと思うと、じろじろとわたしの全身を見回した。

「聖女とは似ても似つかぬ、地味でパッとしない女だな。まあ……似合いか」

いちいちもっともだが、初対面の何の関わりもない男性に侮蔑される筋合いはない。

「失望させて申し訳ありません。帰らせていただいてもいいでしょうか」

硬い声で踵《きびす》を返そうとすると、公爵は「待て」と言った。

瞬時に後ろにいた兵士が二人、わたしが動けないように腕を拘束する。

「そう焦るな。いい話を持ってきてやったのだ。そなた、しばらく聖女の代わりをやらんか」

「は……？」

警戒はしていたものの、思いがけないことを言われてわたしは固まった。

聖女の代わり？　わたしが？

「ご存じでしょうが、わたしはただの巻き込まれで、一般の神官程度の浄化の力しかありません」

それもちょっと無理をしただけで倒れてしまうくらいのポンコツだ。

「知っておる、そのくらいがちょうど良い」

ハンゲイト公爵は笑った。

「聖女……あれの持つ力は強すぎる。能力を変じて兵器として使えないかと考えたが、浄化以外は誘惑《チャーム》くらいしか有用なものにならない。さりとて都合がいいくらいに弱めようとしてもなかなか思うようにいかず厄介だ。かといって代わりを呼ぶには五年かかるから完全に消してしまうのは危険すぎて……な。だったらしばらく引っ込んでもらってそなたを使う方がよい」

「なに、を……」

わたしは目を見張った。

聖女の誘惑《チャーム》の力と、逆ハーレムを作ってちやほやされたい欲望を利用して、政治をいいように曲げようと動いているのは知っていた。聖女に禊《みそぎ》はしないでいいとそそのかし、どうやら浄化の力を削ごうとしているらしいのも推測はされていた。

けれど、今の言い方だとまるで……。

「この国に厄災《やくさい》を呼ぼうとしているように聞こえますが？」

国境と周辺都市に被害が及ぶ程度ではなく、国内が乱れ、大勢の人が巻き込まれ死んでしまうほどの災害を……。

「そうともよ。そう言わなかったか？」

公爵は、さもおかしげに大きなお腹をゆらして笑った。

「聖女の力が強すぎるからその力が弱まっても国境周辺程度で済んでしまう。隣国の一部と手を組んで魔物を暴れさせても不十分だ。たいしたことにならないから国民は聖女に通り一遍の感謝しかせず、守られて当たり前だと思っている」

彼はギラギラと目を輝かせた。

「国内が安全だから変化がない！　体制も変わらないし、貧富の差も少なくなっている。社会が安定してなんの発展もない。なんて退屈な日々だ」

公爵は手を広げた。

「厄災と言ったな。そうとも今は厄災が必要だ。一般庶民が出会ったこともない魔物が町中を闊歩《かっぽ》し、人を食い瘴気《しょうき》をまき散らせば、人々は神に祈り、高貴な身分を持つものにすがって守ってほしいと願うだろう。そこに聖女を連れてくればそれだけで英雄扱いだ」

狂っている。

わたしが思ったのはそれだった。

自分の手で大きな災害を起こし、それを解決して見せることで英雄になろうというの？

公爵の目がわたしを捉える。

「そなたにも利のある話だろう？　そなたが優しい言葉をかけ、聖女を待とうと希望を示し、そのちっぽけな浄化の力でわずかなりとも魔物を払えば、皆、そなたに救われたいと群がり、ひれ伏すだろう。聖女のことを口にしていれば聖女が来てもそなたへの敬意は残る」

真剣にも見える目の色に、彼がずっとそのことを夢想していたと感じた。

吐き気がする。

「……そんなことは望んでいません」

「口ではなんとでも言える。だがそこに苦しんでいる民がいたらどうだ？　そなたはできる範囲でそれを助けるだけだ。それで感謝される。噂が拡がる。それだけでいいのだ」

公爵は下卑《げび》た声で言った。わたしは身震いする。

「民を苦しめるのは誰ですか。わざと災厄を招くような真似をするなど、為政者として一番、やってはならないことでしょう！」

公爵が初めて不機嫌そうに顔を歪めた。

「頑固者だな。異世界からの召還者の方が印象に残りやすいというだけで、浄化能力があればそなたでなくてもいいのだぞ？」

「最初からそんなことは望んでいないと言いました！　あなたなんかと一緒にしないで！」

わたしは決然として言い返した。

「このっ……生意気な女が」

公爵の顔が赤くなった。聖女を簡単に手なずけられたからか、はたまたそういう経験が少ないのか、逆らわれるのに慣れていないらしい。

公爵が、手を振り上げた。衝撃がくるのを覚悟して、わたしは目を瞑る。

その瞬間だ。

ドゴッと、鈍い音がして、目の前にいた気配が急にかき消えた。

わたしはびっくりして、目を上げる。

「ユウカ、無事か⁉」

シリル様が剣を抜いて、わたしを庇《かば》うように背にして立っていた。

公爵は壁に叩きつけられたようだ。壁の横に尻餅《しりもち》をついている。シリル様は鋭い目でわたしを拘束《こうそく》している男達を振り返った。

「貴様ら……いつまで、そうしているつもりだ」

騎士である彼を、間近で見るのは初めてだった。

格好いいけど、全身から溢れる気迫が痛いようで少し怖い。

「くっ……」

横にいた男の一人が、抜刀して斬りかかってきたが、シリル様は一閃してそれを弾いたあげく、柄《え》で殴りつけて昏倒させた。

切羽詰まったもう一人が剣を抜いて、わたしの前にかざす。

「こ、この女がどうなってもいいのか」

シリル様は目を細めた。

「度しがたいな」

彼が低い声で言ったとたん、わたしの前の剣は粉々に砕け散った。

これが戦闘用の魔法……。

「ひ、ひいっ……」

男は、悲鳴を上げてわたしを離して、あとずさった。

「ユウカ！　大丈夫か⁉」

シリル様が急いでわたしに駆けよって抱きしめる。

「隊長！　無事ですか？」

近衛副隊長のレナードさんが、近衛隊の数人を引き連れて飛び込んできたのは、その後だった。

§

公爵の命《めい》だと言われると護衛の人はすぐに手を出せず、シリル様を慌てて呼びに行ってくれたらしい。王宮で公爵が拘束されるのと同時に公爵邸に家宅捜索が入り、邸の奥に軟禁されていた聖女が助け出された。

長年のスポイルで浄化能力が弱くなっているのは変わらないものの、公爵が言うように倒れていたということはなく、いきなり閉じ込められてとまどっていたらしい。

公爵は勿論のこと、息子夫婦も父の思惑に従っていたということで財産没収の上、田舎に幽閉。ハンゲイト公爵家自体は遠縁のしっかりした人が跡を取ることになり、聖女の後見は続けることになったけれど、聖女は実質、神殿預かりとなった。

これからしばらくは、毎日禊《みそぎ》させられて、神官同様の修業をさせられるのだとか。

少し可哀想だけどそうしていれば二ヶ月くらいで元の力を取り戻せるだろうと言われている。

ユーシス様も今度は敬遠せずにしっかり指導しますよ、ちょっと面倒ですが、と言っていた。

聖女が反省したことで、彼女の誘惑《チャーム》に惑わされていた人は去っていったものの、王太子殿下を始め何人かは残って、熱心に見舞いに行っているという。

わたしも落ち着いたら、向こうのごはんやお菓子を作って持っていってあげたいと思う。


ハンゲイト公爵に拉致《らち》（部屋に連れていかれただけだったんだけど）された扱いになったわたしは大事を取って二週間の療養休暇が与えられた。

公爵の事件が解決した、ということで、シリル様も溜まっていた有休を二週間消化すると強く主張したらしいけど、却下されたらしい。

どのみち二週間とか、自分から心配になって仕事始めちゃうだろうから無意味なのにね。

結局、四日間の完全休暇ということになったらしい彼は、家に帰ろうとするわたしを意気揚々《ようよう》と掠《さら》うようにして、自分の邸につれてきた。

最近、ちょっと強引になってない？


「そんなこと言わずに、一緒に住んでくれ」

ロンズデール公爵家のふかふかのソファに座らされ、床に跪いたシリル様に口説かれて、わたしはたじたじになる。

「だってまだ……恋人になったばかりじゃないですか」

結婚とかは待ってくれると言ったはずだと思う。

「結婚はまだ後でもいい。準備もかかるからな。俺の家にユウカに居てほしい。母もそれを望んでいる。荷物なら今すぐにでも運んでこさせよう」

ええ。嫌なわけではないのだけど、急展開すぎるのはなんかやだ。

わたしはひとしきり悩んだ末に妥協点を示した。

「今回の休暇は一緒にいます。でも引っ越しするのに人任せは嫌なので、一度は帰らせてもらいます」

大家さんにもちゃんと賃貸契約の解除を申し出なければならないし、近所の人にも挨拶したい。

シリル様は目を輝かせて頷いた。

「わかった。俺も引っ越しを手伝おう」

それはそれで目立ちそうでちょっと嫌かな？

§

夜になって。

公爵家のメイドさん達にお風呂で磨き立てられ、またもやエステ張りのマッサージを受けた後で、透け透けのナイトドレスを着せられたところで嫌な予感はしていた。

当たり前のように連れてこられて、押し込まれたここ……明らかに客間じゃないでしょ！

配置とか絨毯とかいろいろな違いはあるけれども、なんだかすごく馴染みがある。

「ユウカ！」

嬉しそうに駆けよってくるのは、勿論、この部屋の主《ぬし》のシリル様だった。

ロンズデール公爵の部屋、ってことになるのかな。

「シリル様……」

まず、こうなることを了承してないのを説明して話し合いを……と思っていたのだけど、嬉しそうな彼の笑顔に毒気を削《そ》がれて、思いついたことがまず口から出る。

「ここ……」

「うん？」

「ここが執務室に似てるんでしょうか。執務室をこちらに似せているんでしょうか」

落ち着かないと思うんですが！

拳《こぶし》を握って訴えたら、なんだかツボに入ったらしく、ひとしきり笑われてしまった。


ベッドルームはそれなりに違うよ、と言われて。

抱き上げられてお姫様が使うようなレースの天蓋のベッドにぽんと置かれ、シリル様は自分もシャワーを浴びに行ってしまった。

うん、確かにベッドはだいぶ違うみたいで安心した……じゃなくて！

これはするんだよね、する流れですよね。

まあこの間、野外とかでやっちゃったし、少々強引とはいえ、彼氏の家にお泊まりなわけだし、そこまで文句があるわけではないんだけど！

ベッドの真ん中で体育座りの状態になって、あれこれ煩悶していたわたしを、シリル様が覗き込んできた。

「ユウカ？　どうかしたのか？」

うう、改めて覗き込まれると顔がいい。

じゃなくて……。

顔を赤くしてぐるぐるしているわたしをシリル様がにこにこしながら眺めているので、次第にどうでもよくなってしまった。

諦めて感じていることを正直に話す。

「なんだか……」

「うん？」

「こう、用意をして、はいしましょうってするのが恥ずかしいというか……」

「今までがどさくさすぎただけだと思うが」

はい、手を上げて、と、シリル様が促《うなが》すので、ついつられたら、ぺいっとナイトドレスを上から脱がされてしまった。

う……なんか子どもみたい。

シリル様もガウンみたいなのをさっさと脱いでしまって、わたしを抱き寄せる。

ゆったりと、でも確かな手つきで胸を揉まれて、艶《なま》めかしい吐息が漏れた。

シリル様も少しだけ熱くなった息をもらしながら囁く。

「俺は、ずっと前から、ユウカとこうしてのんびりといちゃいちゃしたかった」

「そんなこと……」

少なくとも庭園であんなことになったのはシリル様のせいだ。

もごもご抗議すると、シリル様が眉を上げる。

「のんびり、といちゃいちゃを秤《はかり》にかけたら、のんびりできなくてもいちゃいちゃするだろう？」

「そ、そういうものですか？」

「当然だ」

シリル様は、わたしの頬やら耳たぶやらに、キスの雨を降らせてから、私の顔を少し振り向かせて、口づけてきた。

わたしもシリル様の首に手を回す。

「んっ……」

舌がゆっくりと絡み合う。キスはだいぶ慣れてきたみたい。

腰を撫で回され、胸を揉《も》まれて変な気分になる。

「顔をよく見せてくれ」

唇が離れて、息が荒くなっているところを、顎を取られて覗き込まれた。

「うん、だいぶ蕩けてるな」

満足そうに言われて、赤くなってしまう。

「誰の、せいだと……」

「勿論、俺のせいだ。その役目を誰にも譲る気はないぞ」

快活に笑われ、ベッドに押し倒された。

どこまでも沈んでいきそうで、けれどいつの間にか元の場所に戻っている、すごいベッドだ。

ここで眠ったらさぞや気持ちがいいだろう、と思うけれど、触れてくる指先が許してくれない。

「今日はゆっくりできるから、ユウカの全身を堪能《たんのう》できるな」

シリル様は、楽しそうに呟きながら、わたしの傍に横たわり、わたしの身体を横向きにさせて、背後から手を回す。

ふわふわと胸を揉まれて、背骨に沿って背中にいくつものキスをされた。

「あっ……あん」

絶妙の柔らかさで、触れられたり、舐められたりして、甘い声が抑えられない。

髪の先から、つま先まで、シリル様に触れられていないところなんかどこにもなかった。

「可愛い」

そんなふうに優しく囁かれたら、尚更。

だんだん悔しくなってきて、わたしは振り返って自分もシリル様に抱きついてキスした。

あちこち……といっても頬や唇や、頑張っても肩や首とかだけれども。

数分したら消えてしまいそうだけど、強く吸って赤い跡もつけてみた。

シリル様は微笑ましいというように、しばらくじっとしていてくれたけれども、やがて、またわたしを組み敷いて。

脚の間に身体を割り込ませて、脚を持ち上げてきた。

「きゃっ……」

さすがにそんなところをじっと覗き込まれるのは恥ずかしくて、わたしは身体を捩る。

だけれども両脚を開いて、折り曲げて持ち上げられた状態というのは、なかなか身動きが取れないもので。

シリル様の頭が沈んでいくのも、呆然と見ているだけで止めようがなかった。

「ひゃっ……」

ぴちゃりと、身体の真ん中が柔らかいもので舐め上げられた。

「あっ、だめっ……」

一番、敏感なその箇所を、舌でくすぐられて、身体が戦慄《わなな》く。

恥ずかしいのに、もの凄く気持ちがいい。

「だめ？　ダメじゃないだろう？　蜜がすごく溢れてくるよ」

くすりと、そんなふうに笑われて舐められる。

「あ、ちがっ、だめ……ぇ」

ぴちゃぴちゃと音を立てて赤い粒を舐《ねぶ》られながら、蜜壷に指を入れられた。

「んっ！　ああっ……」

指が的確に感じるところを捉え、ゆったりと擦られる。

同時に二点をじっくり責められて、蜜を溢れさせながらわたしは、軽く達してしまった。

「大丈夫か？」

衝撃で、ちょっとぼうっとしたわたしを心配したのか、彼が顔を覗き込んでくる。

「シリル、様……」

わたしは、腕を伸ばして、彼の首に手を回した。

「ん？」

見下ろしてくる優しい青灰色の瞳。

この目が最初から好きだった。

「好き……です」

もう何度目かになる告白。

シリル様が、嬉しそうに目を細めた。

「俺は愛している」

彼が身体を倒してきて、身体の中心に自分を宛がう。

恐怖はもう欠片もなくて、ただ期待だけがあった。

熱い先端が入り込んで、ゆっくりと彼が、わたしの中に入ってくる。

「ああ……」

身体の中まで温かくなるようで、わたしは満足の溜息をついた。

「動く……ぞ」

彼がわたしの中で動き出す。

「あっ……あっ……」

深いところ、浅いところを抜いたり、挿し入れたり、その繰り返し。

力強く揺らされて、中を擦られて嬌声が上がる。

奥のある一点を突かれるのが気持ちよくてたまらない。

「ユウカっ……」

ちょっと身体を折り曲げて苦しい体勢だけど、顔を上げて、唇を交わした。

突き上げる速度が速くなる。

「出していいか?」

「うんっ、えっ、それはちょっと……」

後から内容が頭に入って慌ててしまったけれど、ぐっと奥に入り込まれて、出されるのは気持ちがよくて……。

結局、いやいやと言いながら、休みを挟みつつ、朝までに三回くらい中で達されてしまった。


「絶対待てと言われたら待たなくもないが、そんなに長くは保たないと思わないか? 母はまだ元気だから公爵夫人の業務なんかは、母に付いてゆっくり覚えたらいいぞ」

そんなふうに笑われながら左手の薬指に勝手に嵌められていた指輪に、文句を言いつつ観念《かんねん》させられたのは、その翌朝のことだった。

# 終章

結局、一緒に邸《やしき》に住むようになってから、半年後に、わたしとシリル様は結婚した。

王宮は辞めたけれどもシリル様の私的な秘書みたいな感じで、必要なときは手伝いに行く。

それにもしっかりお給金が出るのはさすがだ。

その二ヶ月前に、聖女と王太子が、いわゆる授《さず》かり婚をして、すごい騒ぎだったのは記憶に新しい。

聖女は最初はツンツンしていたけれど、せっせと元の世界のお菓子を差しいれていたら、だいぶ懐《なつ》いてくれた。

お母さんが焼いてくれたシフォンケーキを食べたいというので、だいぶ苦労したけれども、ようやく近い味のものに成功したり。

それを持っていったときは、お母さんに会いたい、お父さんに会いたいと泣かれて大変だった。

元の世界の懐かしいあれこれを次々に話題に出されて、わたしも泣いてしまったのは二人だけの内緒だ。

過去は遠くなっても、忘れることはできないけれども、すべて抱えてこの世界での思い出を増やしていく。


問題はエレンだった。

相変わらず彼女はお店を出す資金を貯めながらユーシス様の侍女をやっている。最近はユーシス様がエレンをからかったり、無茶ぶりすることが増えた。

『ユーシス様はむしろ、多少、親しい人にたいして、辛辣だったり無茶言ったりするみたいなのよねえ……』

エレンの言葉を思い出しつつ、持久戦だという二人を見守っていきたい。


「ユウカ！」

ああ今日もまた。

愛しい人がわたしを探して呼んでくれる。

あの優しい声がある限り、わたしもこの世界で幸せに生きていけるだろう。

# あとがき

蜜猫ノベルスでは二度目になります。水嶋凛《みずしまりん》です。

今回はストレートに異世界転移に挑戦してみました。

しかし異世界に召還されたのは自分ではなく、一緒にきた聖女の力を持つ美少女だった！　というのがミソですね。

特に呼ばれてなかったし優れた能力もないヒロインは地道に庶民根性で暮らしていきます。

ヒーローはなんだか珍しくわりと影のない普通のいい人に落ち着きました。社畜《しゃちく》ですが。

この社畜が庶民なヒロインにどういう経緯で惹かれ、どう口説き落としていくのかが見物です。

癖のある二人を素晴らしいイラストで表現くださった、ことね壱花様、ありがとうございました！　シリルがもうどうしたってくらい美形でユウカは可愛くて、執筆中とても励まされました。

水嶋史上、ワーストを更新するくらいに締切をぶっちぎってしまってすみません。

担当編集さんも版元の皆さんも、大変すみませんでした。

少しでも楽しんでいただければ幸いです。

水嶋凛

## シリル・フィールディング

## ユウカ・アンダーソン
（木村結香）

**ことね壱花先生の
キャラクターラフ
大公開!!**

蜜猫 Mitsuneko Novels

蜜猫 novels をお買い上げいただきありがとうございます。
この作品を読んでのご意見・ご感想をお聞かせください。
あて先は下記の通りです。

〒102-0072　東京都千代田区飯田橋 2-7-3
（株）竹書房　蜜猫 novels 編集部
水嶋凜先生 / ことね壱花先生

巻き込まれ召還された一般人ですが、
なぜか騎士宰相様に溺愛されてます
勤務中の壁ドンおことわり

2020 年 7 月 17 日　初版第 1 刷発行

著　者　水嶋凜　©MIZUSHIMA Rin 2020

発行者　後藤明信

発行所　株式会社竹書房
〒102-0072 東京都千代田区飯田橋 2-7-3
電話　03（3264）1576（代表）
　　　03（3234）6245（編集部）

デザイン　antenna

印刷所　中央精版印刷株式会社



Printed in JAPAN
ISBN978-4-8019-2328-7　C0093

この作品はフィクションです。実在の人物・団体・事件などには関係ありません。